너와 나의
계절

너와 나의 계절

발행일	2025년 11월 14일
지은이	전형진
펴낸이	손형국
펴낸곳	(주)북랩

출판등록	2004. 12. 1(제2012-000051호)
주소	서울특별시 금천구 가산디지털 1로 168, 우림라이온스밸리 B동 B111호, B113~115호
홈페이지	www.book.co.kr
전화번호	(02)2026-5777 팩스 (02)3159-9637
ISBN	979-11-7224-965-6 03810(종이책) 979-11-7224-966-3 05810 (전자책)

잘못된 책은 구입한 곳에서 교환해드립니다.
이 책은 저작권법에 따라 보호받는 저작물이므로 무단 전재와 복제를 금합니다.
본 도서는 (주)북랩이 보유한 리코 인쇄 장비 등 자체 생산 인프라를 통해 제작되었습니다.

작가 연락처 문의 ▶ ask.book.co.kr
전용 게시판에 문의를 남기시면 저자에게 직접 전달됩니다.

(주)북랩 성공출판의 파트너
북랩 홈페이지와 SNS에서 다양한 출판 솔루션을 만나 보세요!

홈페이지 book.co.kr   •   **블로그** blog.naver.com/essaybook   •   **출판문의** text@book.co.kr
카톡채널 북랩

전형진 소설

너와 나의 계절

조용한 방에 머물던 마음이
너를 만나 빛을 알게 되었다

그리고 우리는 서로의 계절이 되었다

북랩

조용한 방, 나의 세계 _ 7

그림자 너머의 소리 _ 23

말하지 못한 것들 _ 37

그림자에 닿은 빛 _ 51

너의 선 너머 _ 63

조각난 마음의 퍼즐 맞추기 _ 73

틈 속에 잠긴 채 _ 85

멈춘 듯한 여름날 _ 97

계절의 경계선에서 _ 107

첫 문장을 적으며 _ 115

마주한 진심 _ 123

빛과 그림자가 스치는 계절 _ 133

바람이 지나간 자리 _ 149

에필로그_ 바람이 건넨 계절 _ 163

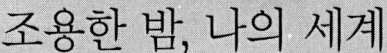

조용한 밤, 나의 세계

시골에서의 삶은 언제나 조용하고 단조로웠다. 계절은 마치 매번 같은 옷을 갈아입는 것처럼 돌아왔고, 사람들은 마을의 풍경처럼 그 자리에 머물러 있었다. 도시에서 살아가는 또래들이 어떤 삶을 사는지, 나는 알 수 없었다. 인터넷도 느렸고, 텔레비전은 늘 어른들 위주의 프로그램뿐이었다. 우리 마을의 학급 구성은 초등학교 입학 때부터 중학교를 졸업할 때까지 한 번도 바뀐 적이 없었다. 누군가 이사를 오거나 가지 않는 한, 교실 안의 얼굴은 늘 같았다. 말하자면, 변화가 없는 세계였다. 그리고 나도 그 풍경 속 일부로, 늘 그 자리에 머물렀다.

어릴 적 유치원에서 어떤 아이들과 어떻게 놀았는지에

대한 기억은 이미 희미해졌다. 하지만 초등학교에 입학한 이후로는 또렷했다. 나는 조용한 아이였고, 늘 조용하게 학교를 다녔다. 반 친구들이 운동장에서 땀 흘리며 떠들 때도, 나는 그늘 아래에서 책을 읽거나 그냥 멍하니 구름을 바라보며 시간을 보냈다. 부모님은 농사를 지으셨고, 해가 지면 지친 몸으로 돌아와 샤워를 하고 식사하신 뒤 바로 잠자리에 드셨다. 따뜻한 밥 냄새와 함께 엄마의 말투가 떠오르지만, 대화를 나눌 틈은 거의 없었다. 그저 서로가 존재한다는 사실만으로 충분하다고 생각하며 하루를 마무리하곤 했다.

  나는 혼자 있는 시간이 익숙했고, 오히려 편안했다. 학교에서 돌아오면 아무도 없는 집에서 상상의 나래를 펼치거나, 먼지가 쌓인 책장을 뒤적이며 읽을거리를 찾았다. 가끔은 나를 괴롭혔던 아이들에게 복수하는 상상을 하며 혼자 피식 웃기도 했다. 그런 상상들은 내 무기력한 현실에 균열을 내주는 유일한 탈출구였다. 바깥세상은 시끄럽고 낯설었지만, 내 방은 조용했고, 그곳에서 나는 나만의 세계를 꾸릴 수 있었다.

중학교 시절, 장래희망을 적는 시간에 나는 '없음'이라고 적었다가 담임 선생님에게 혼이 난 적이 있다. 하지만 그건 정말 내 진심이었다. 누군가가 되는 것이 꿈이 아니라, 그저 조용한 방 안에서 책을 읽고, 글을 쓰고, 생각에 잠기는 삶이 내가 원하는 전부였다. 그런 삶을 꿈꾸는 것이 잘못된 일일까. 나는 그저 조용히 살고 싶을 뿐이었다.

중학교 3학년, 고등학교 진학을 앞두고 부모님의 하우스 일을 돕던 어느 날이었다. 파프리카 줄기를 살피며 엄마는 격앙된 목소리로 물었다.

"이가람, 몇 개월 뒤면 고등학생인데, 지금까지 장래희망이 없다는 게 말이 돼?"

그 말에 나는 대답 대신 땅만 바라보았다. 흙먼지가 신발을 덮고, 땀은 이마를 타고 흘렀다. 엄마는 내 대답을 기다리지 않고 다시 말했다.

"뭐라도 하고 싶은 게 있어야 하지 않겠어?"

아빠는 뒤에서 거름 포대를 옮기며 덤덤하게 말했다.

"내버려 둬. 알아서 찾겠지. 우리가 닦달한다고 생길

것도 아니잖아."

나는 그 말에 용기를 내어 조심스레 중얼거렸다.

"그냥… 엄마 아빠 일 도우면서 농사나 배울까…?"

엄마는 그 말을 듣자마자 내 등을 탁 때렸다. 그 소리는 비닐하우스 안에 울렸다.

"미쳤니? 다른 건 몰라도 농사는 안 돼!"

엄마의 말은 단호했고, 나는 더는 아무 말도 하지 못했다. 그날따라 특히 더 숨이 막혔다. 도와주러 왔다가 듣는 건 매번 같은 잔소리였다. 하고 싶은 게 뭔지도 모르겠는데, 그걸 모르겠다고 하면 혼나는 현실. 나는 결국 하우스를 나와 혼자 집으로 향했다.

해가 기울 무렵, 집 근처에 이삿짐 트럭 두 대가 멈춰서 있는 걸 보았다. 몇 달째 비어 있던 앞집에 드디어 새로운 사람이 이사 오는 모양이었다. 멀찍이 떨어져서 까치발을 들고 보니, 분주한 사람들 틈에 약간 긴 단발머리를 한 여자애가 눈에 들어왔다. 내 또래쯤 되어 보였고, 옆에는 온화한 인상을 지닌 여성 한 분이 함께 있었다. 둘은 천천히 집 안으로 들어갔다.

"언젠가 기회가 되면 인사하겠지."

나는 그렇게 중얼이며 집으로 돌아섰다.

집에 돌아와 간단히 샤워를 하고, 엄마가 쪄놓은 감자와 옥수수를 먹었다. 입안에서 퍼지는 고소한 감자 맛이 따뜻했다. 방으로 들어가 『시지프 신화』를 꺼내 읽기 시작했다. 카뮈는 내게 익숙한 어둠 속에서 삶의 무게를 어떻게 버텨야 하는지 알려주는 유일한 작가였다. 시지프가 돌을 다시 밀어 올리는 이유를 생각하며 한 문장, 한 문장을 천천히 되새겼다.

그때 부모님이 돌아오셨고, 엄마는 현관문을 열자마자 물었다.

"밥은 먹었니?"

"감자랑 옥수수 먹었어요."

"그게 밥이냐. 왜 그런 걸로 끼니를 때우니…"

엄마의 말은 걱정에서 나온 것이겠지만, 늘 잔소리처럼 들렸다. 아빠는 그런 엄마에게 조용히 맞장구를 쳤고, 나는 익숙하게 방으로 들어가 침대에 누웠다. 귀뚜라미 소리와 함께, 초저녁의 공기는 차분했다. 나는 천장을 바라보다 눈을 감았다.

다음 날, 선생님은 다시 장래희망을 적어오라고 하셨다. 나는 '과학자'라고 적었다. 어떤 의미도 없었다. 그냥 떠오르는 단어를 적었을 뿐이었다. 선생님은 아무 말 없이 수첩을 넘겼고, 그렇게 중학교 3학년의 시간은 흘러갔다.

겨울방학 동안에도 나는 별다를 것 없는 하루를 반복했다. 엄마를 도와 마늘을 까던 어느 날, 이웃 아주머니가 말했다.

"다음 주면 가람이도 고등학생이네. 어때, 기분이?"

"글쎄요… 뭐, 특별할 게 있겠어요."

나는 시큰둥하게 대답했고, 엄마는 옆에서 "이제 고등학생이니 더 열심히 해야지"라며 거들었다.

마을 사람들과 마주치는 건 여전히 부담스러웠다. 하지만 이 좁은 마을에서 그건 피할 수 없는 일이었다.

"근데 앞집에 이사 온 애는 만나봤어? 같은 중학교 다녔다던데?"

"모르겠어요. 다른 반인가 보죠."

사실 얼굴은 본 적 있다. 그마저도 담벼락 너머로 스쳐 본 게 다였다. 궁금하다고 해서 무작정 찾아가서 물어볼 수는 없지 않는가? 그 뒤로 나는 다시 조용한 나날로 돌아갔다. 그렇게 겨울이 지나고, 입학식이 다가왔다.

고등학교 입학식을 마친 날, 나는 배정받은 교실로 들어섰다. 교실 안은 마치 전시장이었다. 낯선 얼굴들이 서로를 살피고, 조용한 전투가 벌어지는 듯한 긴장감이 감돌았다. 한쪽에서는 벌써 낯가림 없이 떠드는 아이들이 있었고, 다른 한쪽에서는 묵묵히 앉아 주변을 훑어보는 아이들도 있었다. 나는 그 가운데서 창가에 조용히 앉아 창밖을 바라보았다.

창문 너머로 아직 봄이 덜 녹은 풍경이 흐릿하게 비쳤다. 바람이 나뭇가지를 흔들고, 먼지 낀 유리창 너머로 보이는 하늘은 묘하게 무채색 같았다. 그런 날씨가 내 기분과도 잘 어울렸다. 교실 안의 소리들은 나와는 상관없는 세계 같았다. 나는 세상의 소리를 천천히 밀어냈다. 마치 보이지 않는 손이 내 귓가를 덮듯, 세상으로부터 나를 지우는 법을 이미 오래전에 배웠다.

그런데 그 순간, 누군가가 내 책상을 툭 하고 두드렸다. 고개를 돌리자, 중단발머리에 밝은 눈빛을 가진 여자애가 나를 보고 있었다. 그녀는 환하게 웃으며 말했다.
"나는 박가온이라고 해. 너 이름이 뭐야?"
순간 어떤 말을 말을 해야할지 몰라 그애 얼굴을 빤히 바라보며 머슥하게 대답했다.
"…나는 이가람이라고 해."
내심 그녀가 다른 자리로 가주길 바랐지만, 그런 바람은 소용없었다. 가온이는 아예 내 옆자리에 앉으며 말했다.
"너 혹시 산진리 느루마을에 살지 않아?"
"어떻게 알았어?"
깜짝 놀라 목소리가 약간 커졌다. 가온이는 개의치 않고 천연덕스럽게 웃으며 말했다.
"동네 어르신들이 너 얘기 많이 하셨어. 책 읽는 거 좋아하고, 글 쓰는 거 좋아한다고."
그 말을 듣는 순간, 내 비밀을 누군가 들여다본 것처럼 낯이 뜨거워졌다. 그런데 그녀는 별다른 의도가 없어

보였다. 그저 진심으로 흥미를 느낀 듯한 얼굴이었다.

"나는 그림 그리는 걸 좋아해. 너는 어떤 책을 좋아해?"

"알베르 카뮈의 책들…"

나는 무미건조하게 대답했다. 무언가 더 말하려다 말았지만, 가온이는 내 반응에 전혀 위축되지 않았다. 오히려 더 들뜬 표정으로 작은 노트를 꺼냈다. 손때가 묻은 노트 속에는 그녀가 그린 풍경들이 담겨 있었다. 동네 언덕, 오래된 감나무, 마을 어귀의 버스 정류장 같은 친숙한 장소들이 담백한 선으로 그려져 있었다.

"시간대에 따라 같은 풍경도 이렇게 다르게 보이는 거, 신기하지 않아?"

가온의 눈빛이 조금 더 환해졌다.. 나는 고개를 끄덕이며, 그 빛을 따라 그림 속으로 천천히 스며들었다. 설명은 잘 들리지 않았다. 이상하게도 그림보다는 가온의 목소리 톤, 손짓, 생기 있는 표정이 더 선명하게 각인되었다.

얼마 후, 교실 문이 열리고 한 명의 젊은 여자 선생님이 들어오셨다. 교실 안은 순식간에 조용해졌다. 선생님은 검은 머리카락에 은은한 갈색이 섞인 단정한 외모였고, 미소가 부드러웠다.

"안녕하세요. 저는 김에린입니다. 앞으로 여러분과 문학 수입을 맡게 될 기예요."

문학. 내 마음속에 잠시 파문이 일었다. 그 단어는 다른 수업명과는 다르게 들렸다. 설명적인 과목명이 아니라, 감정이 담긴 이름처럼 느껴졌다. 나는 고개를 들어 선생님의 얼굴을 바라보았다. 단정한 말투, 조용한 분위기. 내 첫인상은 '잔잔한 사람'이었다.

선생님은 간단히 자신을 소개한 뒤, 앞으로 가정 방문도 있고 개인 상담도 있을 거라고 했다. 첫날이라 수업은 오리엔테이션 형식이었다. 하지만 김에린 선생님은 수업이 끝날 때까지 우리 반 아이들의 이름을 정확히 기억하고 불러주었다. 이상하게도, 내 이름을 부를 때 그녀의 목소리는 아주 조심스럽고 따뜻하게 들렸다.

수업이 끝나고 교실을 나서려던 순간, 가온이 내 뒤를 따라와 말했다.

"가람아, 같이 가자!"

같은 동네에 살기에 그 말이 어색하지는 않았다. 나는 가볍게 고개를 끄덕였고, 둘이 함께 걸었다. 가온은 내 옆에서 계속 이야기를 했다.

"근데 너는 왜 책 읽는 걸 좋아해? 요즘 애들 사이에선 재미있는 것도 많은데."

"딱히 다른 취미엔 관심이 없었어. 잘하지도 못하고…"

나는 말끝을 흐렸다. 그런데 가온은 말했다.

"나도 못하는 거 많아. 그래도 해보는 거야. 실패해도 그게 다 내 일부잖아. 뭔가를 해보고 나면 후회는 안 남으니까!"

그 말은 이상하게 마음에 남았다. 내가 그토록 지루하다고 느끼던 이 일상에, 그녀는 마치 다른 세계에서 온 사람처럼 보였다. 호기심, 생기, 웃음… 모두 나에게는 없는 것들이었다.

"너는 세상에 하고 싶은 게 많다고 생각하는구나?"

"그럼! 눈에 담고 싶은 것도 많고, 그릴 것도 많아. 단지 시간과 돈이 부족해서 문제지."

그녀는 마치 무한한 꿈을 가진 사람처럼 웃으며 말했

다. 가온의 이야기는 끝이 없었고, 집에 다달아서야 말을 마쳤다. 그리고 마지막 한마디로 내일 학교에서 보자는 말을 하고서 집안으로 들어갔다.

집에 들어시자마자, 엄미가 부엌에서 외쳤다.

"가람이니? 학교 첫날 어땠어?"

"보지도 않고 어떻게 알아…"

"이 시간에 너 말고 누가 오겠니."

엄마의 설거지 소리가 배경음처럼 들려왔다. 나는 한숨을 쉬고 방으로 들어가 옷을 갈아입고 샤워를 했다. 그리고 저녁 식탁에 앉아 밥을 먹었다. 아빠는 몇 마디 안부를 물었고, 엄마는 별다른 말 없이 식사를 했다. 다시 정적이 흘렀다.

밥을 다 먹고 방으로 들어오자, 익숙한 책이 손에 잡혔다. 『책 읽어주는 남자』. 세 번째로 읽는 책이었다. 문맹이었던 여성이 나치에 가담하게 된 사연, 그리고 그녀를 사랑했던 남자의 이야기. 그 남자는 끝까지 그녀를 용서하려 했지만, 그녀는 끝내 진실을 말하지 않았다. 자존심이었을까. 부끄러움이었을까. 나는 그 복잡한 감정을 떠

올리며 다시 책장을 넘겼다.

그때, 엄마가 불쑥 문을 열고 들어왔다. 빨래를 들고 침대에 놓으며 말했다.

"너 또 그 책 읽니? 안 질려?"

"그냥 재미로 읽는 거예요."

나는 무심하게 대답했지만, 엄마가 나가고 나서 그녀의 표정을 떠올렸다. 걱정, 안타까움, 혹은 이해할 수 없음. 말은 하지 않았지만 엄마는 항상 그런 표정이었다.

다시 책을 덮고, 침대에 누워 천장을 바라보았다. 오늘 하루는 정신없이 흘러갔다. 그런데 묘하게, 가온의 말투, 표정, 그리고 노트 속 그림들이 자꾸 머릿속을 맴돌았다. 무슨 이야기를 나눴는지는 정확히 기억나지 않았다. 하지만 그녀가 그림 그리는 걸 좋아한다는 말은 이상하게 또렷했다. 나는 눈을 감았다. 익숙한 천장, 익숙한 소리, 익숙한 생각들 속에서. 하지만 어쩐지, 오늘은 그 익숙함이 조금은 다르게 느껴졌다.

그림자 너머의 소리

　학교에 도착했을 때, 가온은 이미 내 옆에 앉아 있었다. 별말 없이, 마치 원래 그 자리가 자기 자리였다는 듯이. 학기 첫날 담임선생님이 "함께 앉고 싶은 사람끼리 앉아도 좋다"고 했을 때, 나는 별생각 없이 창가 자리를 골랐다. 그리고 다음 순간, 가온이 그 옆자리에 털썩 앉았다.

　처음엔 부담스러웠다. 쉬는 시간마다 나를 따라다니고, 말 없이 나를 지켜보는 것도. 화장실에 가든, 복도를 지나든, 가온은 강아지처럼 졸졸 따라붙었다. 누군가가 이렇게 내 옆에 머무는 건 정말 오랜만이었기에, 익숙하지 않다는 말로는 설명이 안 됐다.

그런데도, 이상하게 심심하지 않았다.

"혹시 좋아하는 애니메이션 있어?"

"아니면… 가장 최근에 본 거라든가."

점심시간, 도시락 뚜껑을 조심스럽게 여는 내 옆에서 가온이 물었다. 말투는 가볍고, 표정은 진지했다.

나는 한참 뜸을 들이다가 대답했다.

"…진격의 거인이랑 귀멸의 칼날 정도… 다른 건 잘 몰라."

말을 꺼낸 후 곧바로 후회했다. 내가 이런 걸 이야기하는 건 어색했으니까. 대답하는 동안 나는 시선을 접시 바깥 어딘가에 두었고, 가온은 그런 나를 쳐다보며 싱긋 웃었다.

"나도 그 두 개는 정말 좋아해. 근데 가람이 네가 귀멸의 칼날을 봤다고 하니까 좀 귀엽다."

가온은 그런 말을 아무렇지 않게 던졌다. 놀리려는 의도도, 비웃음도 없이. 그냥 솔직하게 느낀 걸 말하는 것 같았다.

나는 웃지 못했고, 웃지도 않았다. 그저 젓가락을 멈

춘 채, 가온의 목소리가 내 안에 잔잔하게 번지는 걸 느꼈다. 아주 작게, 그러나 분명히.

가온은 이야기의 문을 자꾸 두드린다. 나는 아직 그 문을 열 준비가 되지 않았지만, 그녀는 망설임이 없었다. 마치 내 안의 조용한 방을 스케치하듯, 천천히, 그러나 꾸준히 들어오고 있었다.

점심을 다 먹고, 조용한 시간이 흘렀다. 반 아이들 몇몇은 벌써 식판을 들고 교실을 나갔고, 누군가는 자리에서 누운 채 휴대폰을 보며 시간을 죽이고 있었다. 나는 도시락을 싸온 사람처럼, 꾸준히 반찬을 정리하고 물을 마셨다.

그때 가온이 조심스럽게 가방에서 노트를 꺼냈다. 작은 스케치북이었다.

"이거, 어제 그린 거야."

그녀는 페이지를 한 장 넘겼다. 연필로 그려진 고등학교 정문, 해 질 녘의 붉은 그림자가 옆으로 길게 늘어진 장면이었다. 또 다른 장면은 창가에 앉은 아이의 옆모습이었다. 입술은 다물려 있고, 눈은 어딘가 먼 곳을 바라보는 듯했다.

"…이거, 혹시…"

"응. 너야."

가온은 웃지 않았다. 장난이 아니라는 듯, 아주 담담한 얼굴이었다.

나는 말을 잇지 못하고 그림을 바라보았다. 조금은 창피했고, 조금은 묘하게 기뻤다. 누군가가 나를 이렇게 바라보고 있었다는 사실이 낯설었다.

"다음 주 주말에 나 도서관 옆 공원 가서 스케치 하려고 하는데… 같이 갈래?"

나는 놀란 눈으로 가온을 바라보았다. 그녀는 말끝을 흐리지 않았다. 마치 내 대답을 기다리는 게 당연하다는 듯.

"그냥… 가서 앉아만 있어도 좋아. 너 책 읽는 거 좋아하잖아. 난 옆에서 그림 그리고 있을게."

거절해야 할 이유는 많았다. 사람 많은 곳은 싫고… 낯선 공간은 불편하다. 그런데도 나는 어쩐지 고개를 끄덕였다. 나도 모르게.

가온은 웃었다. 따뜻하고 명랑한 그 표정에, 나는 조금 눈을 피했다.

5교시가 끝난 뒤, 같은 반 애가 내 어깨를 두드리며 담임 선생님께서 교무실로 오라는 말을 건넸다.

가슴이 조금 두근거렸다. 특별히 잘못한 것도 없는데, 이름이 불렸다는 것만으로도 긴장감이 밀려왔다.

교무실 문 앞에 서서 한 번 숨을 고르고, 조심스럽게 문을 열었다.

"들어오세요."

에린 선생님의 목소리는 낮고 부드러웠다. 그 안에 담긴 미묘한 온기는, 얼어붙은 내 몸에서 살짝 긴장을 녹이는 것 같았다.

"가람이니? 별건 아니고, 이야기를 나누고 싶어서 불렀어."

선생님은 내게 자리를 권했다. 작은 책상 위에는 민트 티 한 잔이 놓여 있었고, 종이 위에 정갈한 글씨로 적힌 출석부가 펼쳐져 있었다.

"고등학교 생활이 시작된 지는 얼마 안 되었지만, 어

때? 새로 사귄 친구는 있어?"

나는 고개를 숙였다. 선생님께선 나에 대해 알고 싶어서 그런 거 같다는 건 알고 있지만 무슨 말을 해야할지는 전혀 떠오르지 않았다.

"그냥 그래요… 특별한 건 없는 거 같아요. 그리고 가온이라는 그냥 그 애랑은 조금 이야기해봤어요."

"정말? 그래도 나름대로 잘 적응한거 같네?"

선생님의 응원에 왠지 모르게 약간 불편했다. "가온이라면 그 그림 그리는 거 좋아하는 애 말이지?"

나는 고개를 약간 끄덕이며 대답했다.

"가온이는 좋은 애야, 가람이가 그 애랑 가까워졌으면 좋겠어."

"그런 것 같아요…" 나는 짤막하게 대답하면서 속으론 시간이 빨리 지나갔으면 좋겠다는 생각이 들었다. 그리고 잠깐의 침묵이 흘렀다.

"가온이는 하고 싶은 게 있니? 장래희망 칸이 빈칸으로 되어 있어서 말이야." 선생님은 그렇게 말하며, 다시 차를 한 모금 마셨다.

그 순간, 나는 이상하게도 울컥해졌다. 지금까지 생각해본 적 없는 것도 있지만, 정말 내가 무엇을 하고 싶은지 생각해본 적이 없다. 교무실을 나와 교실로 돌아가는 복도. 창문 사이로 햇빛이 기울어 있었다. 긴 그림자가 내 발 앞에 드리워졌다.

"지금 당장 장래희망이 없다면 괜찮아, 앞으로 천천히 하고 싶은 찾아가면 돼." 에린 선생님은 내 손등 위에 잠시 손을 얹으셨다. 내가 고개를 숙이고 있어 선생님의 표정을 볼 수 없었지만, 선생님께서 어떤 표정을 짓고 계실지 머릿속에 그려졌다.

그날 이후 며칠 동안, 가온은 평소와 다름없이 내 옆에 앉아 그림을 그리고, 점심시간엔 함께 밥을 먹고, 종종 엉뚱한 질문을 던졌다.

예전처럼 불편하지는 않았다. 조금은 익숙해진 건지도 몰랐다. 어쩌면, 조금은 익숙해진 걸까.

주말 아침, 가온에게서 메시지가 왔다.

[오늘 괜찮으면 도서관 옆 공원, 오후 2시쯤?]

[날씨 좋아. 햇살도 그림 그리고 싶어 할 것 같아.]

나는 한참을 망설이다가,

[응.]

한 글자를 보내고, 핸드폰을 엎어두었다. 그리고 엄마에게 친구를 만나고 오겠다고 말하니 엄마는 웬일인가 하는 반응을 보였다.

시간을 맞춰 공원 입구에 도착했을 땐 이미 가온이 벤치에 앉아 있었다. 무릎 위에 펼쳐진 스케치북, 옆에는 작은 연필통이 놓여 있었다.

"왔구나!"

가온은 환하게 웃으며 손을 흔들었다. 나는 어색하게 고개를 끄덕이고, 그 옆에 조심스럽게 앉았다. 살짝 바람이 불어와, 나뭇잎들이 바닥 위를 구르며 지나갔다. 공원은 조용했고, 햇살은 부드러웠다.

"여기, 이 자리 좋아. 나무 그림자랑 햇살이 반씩 드는 게 예뻐."

가온은 스케치를 시작했다. 나는 책을 펴는 척 하다가, 문장을 읽는 척 하다가, 슬쩍 고개를 돌려 가온을 바라보았다.

연필을 잡은 손, 종이를 응시하는 눈동자, 살짝 찌푸린 이마.

그 모든 게 진지했고, 집중했고, 아름다웠다.

읽을 책을 챙겨왔지만, 결국 책은 펴지 않았다. 그저 공원 풍경을 멍하니 바라봤다. 바람의 결, 햇살의 온도, 모든 것이 조용히 나를 감쌌다.

그러면서 내가 하고 싶은 일에 대해서 곰곰이 생각해보았다. 이렇게 공원에 앉아 풍경만을 바라보고 그날의 온도만을 느껴도 행복하고 담담한데 왜 굳이 내가 하고 싶은 일을 찾아야 하는지에 대해 곰곰이 생각해보았다.

지금 하고 있는 학교 공부만으로도 벅찬데 거기에 더해 나에게 원하는 것이 하나가 더 있다니 세상은 나에게 요구하는 것이 많다는 것을 새삼스럽게 느껴졌다. 가온의 연필 스케치 소리를 들으며 이런저런 생각이 꼬리를 물면서 이어졌다. 얼마나 시간이 흘렀을까.

가온은 그림을 멈추고, 스케치북을 조심스럽게 내 쪽으로 돌렸다. 그림 속엔 내가 있었다.

연필로만 그림을 그려서 온통 검은색이었지만, 긴 머리

칼에 초점 없는 눈, 어떤 생각을 하고 있는지 모르는 표정. 나를 모델로 그린 듯 싶었다.

"잘 그렸지?"

가온은 씩 웃으며 말했다. 나는 한참 그림을 들여다보다가 조용히 말했다.

"…내가 아닌 것 같아."

"왜?"

"그림 속 내가… 내가 낯설어 보여서…"

가온은 잠시 멈췄다가 말했다.

"그래? 내가 보기엔 자연스럽게 그린다고 그린 건데."

나는 아무 말도 하지 않았다. 말 대신, 가온이 내민 스케치북을 조심스럽게 다시 그녀에게 밀어주었다. 가온은 약간 생각에 잠긴 듯 입술을 오므리며 그림을 바라보았다. 그리곤 그 그림을 스케치북에서 뜯어내서 선물이라며 내게 내밀었다.

누군가에게 내 모습이 담긴 그림을 선물로 받아본 것은 처음이었다. 어떤 말을 해야 할지 몰라 가온이를 바라보았을 때 가온의 표정은 옅은 미소를 지으면서 나를 바라보고 있었다. 나는 짧막하게 고맙다고 말했다.

 그 뒤로 특별히 무언가를 같이 하지는 않아 함께 버스를 타고 집까지 왔다. 가온이는 피곤했는지 내 어깨에 기대 잠들었다. 어깨를 창가 쪽으로 밀어낼까 고민했지만, 그것은 아닌 거 같아 그냥 내 어깨를 내주었다. 버스 창가 너머로 햇빛이 부드럽게 우리 둘 사이를 흘렀다.

 그림자 너머로 바람이 아주 작게 스쳤다. 이렇게 가만히 앉아 있는 시간. 아무것도 하지 않아도 좋은 시간, 나는 이렇게 느려도 한걸음씩 나아가고 싶다는 생각이 들었다.

 그날 나는 처음으로, '누군가와 함께 있다'는 감각이 시간의 형태를 가진다는 걸 알았다.

 그날 밤, 나는 방 안에 조용히 누워 천장을 바라보았다.

 창문 너머로 밤하늘이 보였고, 그 위로 별 하나가 작게 깜빡이고 있었다. 불을 끄지 않은 스탠드의 노란 빛이 방 안을 은은하게 감쌌다. 가온이 그려준 내 얼굴이 떠올랐다. 단단한 눈동자, 말이 없지만 무언가를 품고 있는 표정. 그건 내가 아는 내가 아니었다. 그러나 그 그림

속의 내가… 조금은 괜찮아 보였다. 나는 천천히 몸을 일으켜 책상 앞에 앉았다. 오래전에 산 공책이 책꽂이 한편에서 비뚤어진 채 놓여 있었다.

그 공책을 꺼내어 펴보니, 안쪽 몇 장은 빈 종이 그대로였다. 펜을 들고 망설였다.

딱 한 문장만, 써보자는 마음으로 조심스럽게 종이 위에 글자를 남겼다. '나는 어떤 방향으로 나아가야 할까.' 짧은 문장이었다.

그러나 그 문장을 쓰는 동안, 마음 한구석에서 무언가가 움직였다. 아주 조용히, 그러나 분명히. 창밖에서는 바람이 나뭇가지를 흔들었고, 방 안은 더없이 고요했다.

나는 처음으로, 나를 조금은 써내려갈 수 있을 것 같다고 느꼈다. 그게 바로, 그림자 너머에서 들려오는 내 소리라는 걸 그때는 아직 잘 몰랐다.

말하지 못한 것들

바람이 불었다. 창문 너머로 흙먼지가 살짝 날렸다. 가온은 여느 때처럼 내 옆에 앉아 노트를 꺼냈고, 나는 여느 때처럼 그녀가 나를 그리는 모습을 곁눈질로 바라보았다.

우리 사이는 여전히 조용한 균형 속에 있었다. 가온은 말이 많지만, 내가 특별한 리액션을 보이지 않아도 즐겁게 대화를 이어갔다. 종종 가온이 나를 바라보면 고개를 끄덕여주는 게 전부였다.

나는 가온이 들려주는 이야기 속에서 잠시 숨을 고르곤 했다. 그와 동시에 내가 보지 못하고 겪어보지 못한 것들을 볼 수 있어서 나쁘지 않았다.

"가람아, 오늘 저녁에 집에 와서 같이 만화책 볼래? 엄마 일이 늦게 끝난다고 하셔서 말이야. 괜찮으면 같이 라면도 끓여 먹자."

"…응." 조용히 고개를 끄덕이었지만, '이게 맞는 건가'라는 생각이 들었다. 다른 사람 집에 가는 것도 처음이긴 했지만, 가온이네 집과 내 집은 엎어지면 닿을 거리라 딱히 상관없다 생각했다.

가온이네 집에 도착했을 땐 노을이 길게 집 담벼락을 타고 흘렀고, 고양이 한 마리가 처마 밑에서 졸고 있었다.

가온은 대문을 열며 말했다.

"그냥… 대충 정리돼 있어서 놀라지 마. 엄마랑 둘이 사니까, 가끔 어질러져 있어."

나는 고개를 끄덕이고 조용히 현관 안으로 들어섰다.

가온이와 나는 신발을 벗고 바로 거실 쪽으로 향했다.

나는 낯선 공간의 공기 속에서 한 박자 늦게 움직이며 가온이네 집을 천천히 둘러보았다. 거실엔 담요가 접힌 채 소파 위에 놓여 있었고, 탁자 위엔 반쯤 남은 과자봉지와 잡지가 흩어져 있었다.

그녀는 익숙하게 방 안을 돌아다니며 컵에 물을 따르고, 냄비를 꺼내 라면을 준비했다.

나는 그저 조용히, 테이블 옆에 앉아 그녀의 움직임을 지켜보았다.

"만화책은 저기, 책꽂이에 있어. 만화책도 몇 권 있을 거야. 아무거나 골라도 돼." 뭔지 몰라도 가온이는 굉장히 들떠 있는 목소리었다.

나는 가온이가 알려준 쪽으로 가서 어떤 책들이 있는지 바라보았다. 소설책보단 만화책들이 잔뜩 있었다. 원피스와 나루토 그리고 귀멸의 칼날이나 진격의 거인과 같은 유명한 만화책부터 내가 들어보지도 못했던 만화책이 많이 있었다.

내가 어떤 만화책이 있는지 둘러보는 동안 라면이 완성되었고, 우리는 나란히 앉아 라면을 먹었다.

조용히 김이 피어오르는 국물 위로, 가온이 천천히 말을 꺼냈다.

"내가 말했었나? 나 여기로 이사 오기 전에 엄마랑 아빠랑 이혼했다는 거." 나는 아무 말도 하지 않았다. 가온의 젓가락이 멈추지 않은 채 계속 움직였다. 그녀는 고개를 숙인 채 말했다. "지금은… 엄마가 나를 지키려고 이혼했대. 나는 잘 모르겠는데, 그냥 그렇게 됐어. 그리고 여긴 엄마 고향이었대. 내가 어릴 적에 외할머니를 뵈러 몇 번 왔다고 하는데 솔직히 기억이 잘 안 나."

집 밖에서 가온이를 찾는 한 남성의 목소리가 들려왔다. 나는 이 시간에 가온이를 찾아올 사람이 있나 생각했지만, 가온이의 반응은 달랐다. 마치 사시나무 떨 듯이 얼어 있었다.

"잠깐만…." 그녀는 숨을 삼키고 자리에서 벌떡 일어났다. "누구세요?" 그녀가 문 쪽을 향해 말하자 밖에 있는 남성은 반갑다며 가온이의 이름을 한 번 더 불렀다.

그녀는 순간 몸을 굳히고 한 걸음 뒤로 물러섰다. 나는 자리에서 천천히 일어나 가온의 옆에 섰다.

가온이는 벌벌 떨며 밖으로 나갔다. 마당 담벼락으론 한 남성이 바라보고 있었다.

"뭐야… 이게 누구야! 우리 딸 아니야!" 가온의 어깨가 떨렸다.

가온이는 아무 말 없이 고개를 숙였고, 나는 그 곁에서 한손으로 어깨를 잡아주었다. 가온이는 마치 방금 얼음물에 들어갔다 나온 사람처럼 차가웠다.

"사람 잘못 본 거 같아요. 가온이는 아저씨가 누군지 모르는 거 같은데요." 나는 조심스럽지만 단호하게 말했다.

"쳇! 차갑게 굴긴. 그래도 꼴에 이사 온 곳에서 친구는 잘 사귀었나 보네." 그 아저씨가 침을 뱉는 소리가 들려오면서 말을 덧붙였다. "엄마에게 전해. 나 왔다갔다고, 전해라."

그 아저씨의 발걸음이 사라질 때까지 가온이는 마당에 얼어 있었다. 내 손은 가온이의 어깨를 감싸고 있었지만, 손을 놔야 할 타이밍을 놓치고 있었다.

나는 조심스레 손을 거두었지만, 가온은 여전히 몸을 떨고 있는 것이 느껴졌다. 말라붙은 입술을 한 번 축이고 나서야 나는 조심스럽게 물었다.

"괜찮아…?"

그녀는 아무 말 없이 바닥을 바라보며 서 있었다. 아무런 말을 하고 있지 않지만, 괜찮지 않다는 걸 암묵적으로 말하고 있는 듯 싶었다.

가온이는 갑자기 고개를 들어 나를 바라보았다. 눈시울이 살짝 붉어져 있었다.

"미안해… 이런 거 보여주고 싶지 않았는데."
"나는 괜찮아."

내가 말하자, 가온은 억지로 웃어보였지만 입꼬리가 제대로 올라가지 않았다.

그 모습이 더 안쓰러워 보였다.

거실로 다시 들어왔을 땐, 냄비 속 라면은 이미 퍼져 있었고 국물도 거의 식어 있었다.

가온은 아무 말 없이 조용히 숟가락을 치우기 시작했고, 나도 그 옆에서 그릇을 하나씩 들었다.

한참을 그렇게 말없이 움직이다가, 가온이 조용히 입을 열었다.

"어릴 때는 그냥… 그 사람이 무서운 사람이구나, 하고 넘겼어.

근데 나 커보니까, 그게 이상한 거더라고."

나는 그녀의 말에 아무 대꾸도 하지 못했다. 어설픈 위로는 오히려 벽이 될 것 같았다.

가온은 식탁에 다시 앉아 만화책을 한 권 펼쳤다. 표지는 화려했지만, 그녀의 손끝은 여전히 떨리고 있었다.

나는 그녀 옆에 나란히 앉았다. 말없이 책장을 넘기는 그녀의 손을 따라, 나도 같은 페이지를 바라보았다.

어느 순간, 가온이 내 쪽으로 고개를 돌려 말했다.

"…오늘 와줘서 고마워."

나는 고개를 끄덕였다.

그 말이, 오늘 들은 수많은 말보다 훨씬 오래 가슴에 남을 거 같았다.

가온의 집을 나선 건, 해가 완전히 지고 난 후였다.

하늘엔 별이 하나둘 고개를 내밀고 있었고, 바람은 오후보다 더 선선해져 있었다.

조용한 골목을 따라 걷는 동안, 발끝에 부딪히는 작은 자갈 소리조차 크게 들렸다. 나는 자꾸만, 가온의 떨리던 어깨와 바닥만 바라보던 시선이 떠 올랐다.

'사람 잘못 봤어요.'

그 말이 입에서 나올 줄 몰랐지만, 그 상황에서 가온이 할 수 있는 최고의 대처라는 생각이 들었다. 늘 밝고, 말 많은 모습만 보아서 그런지 굳어 있는 모습을 보니 나조차도 같이 긴장했던 것 같다.

그리고 가온이 고맙다고 말할 거란 걸 기대하지 못했다. 그저 내가 해줄 수 있는 것이 그 상황에선 그것 이외에는 없었기 때문이다. 그래서 그런지 나에게 고맙다고 말해준 가온이가 더 고마웠다. 내가 누군가에게 도움이 될 거라곤 생각지도 못했다.

길모퉁이를 돌아 작은 다리를 건너며, 나는 하늘을 올려다보았다. 가온이네와 내 집은 가까웠지만, 오늘따라 멀게만 느껴졌다.

밤하늘엔 보름달이 걸려 있었고, 달빛이 논두렁을 하얗게 덮고 있었다.

내가 사는 이 조용한 마을에서, 누군가의 아픔을, 외로움을, 그림자처럼 따라가는 삶을, 이해하게 될 줄은 몰랐다.

문을 열고 들어가면, 불 꺼진 집. 조용한 방. 혼자 있는 익숙한 공간. 하지만 오늘은 그 조용함이, 조금 덜 외로울 것 같았다.

누군가의 마음을 아주 조금이라도 어루만졌다는 그 감각이 내 어깨 위에 조용히 내려앉은 밤공기처럼 서늘하지만 따뜻하게 느껴졌다.

현관문을 조용히 열자, 희미한 불빛이 부엌에서 새어 나오고 있었다. 부엌에서 엄마가 말을 걸어왔다.

"가람이 왔니?"

나는 고개를 끄덕이며 가방을 내려놓았다. 뒷정리도 대충 했고, 늦지 않게 돌아왔으니 별말은 없을 거라 생각했다.

"저녁은?"

"응, 먹었어. 가온이네 집에서 라면."

엄마는 잠시 나를 바라보더니, 컵에 물을 따라 건네주었다.

나는 고맙다고 말하고 물을 마셨다.

"가온이… 그 앞집에 이사 온 애지? 같은 고등학교로 진학해서 그런가 금방 친해졌나 보네."

그 말에 나는 잠시 망설이다가, 조용히 대답했다. 내가 엄마에게 말한 적이 있는지 곰곰이 생각해 보았지만 기억나지 않았다. 아마도 아주머니들과 이야기하면서 들은 것 같았다.

"응… 근데 여기로 이사오기 전에 가온이에게 힘든 일이 있었나 봐."

엄마는 말없이 고개를 끄덕였다. 그 조용한 이해가 오히려 더 위로가 되었다.

"아 그래? 엄마라면 그냥 옆에 있어 줄 거 같아. 마음의 준비가 되면, 언젠가 말하지 않을까?"

엄마가 말했다. 나는 놀랐다. 내가 따로 설명하지 않았는데도, 엄마는 마치 다 알고 있다는 듯한 말투였다.

"그게 의미가 있을까?" 나는 멍하니 엄마 어깨 너머를 보면서 대답했다. 엄마는 그냥 본인이라면 그렇게 할거라고 대답했다.

"친구도 친구지만, 너도 이제 고등학생이니깐 진로에 대해 고민해."

엄마는 책을 덮고서 나를 바라보면서 이야기했다.

"다시 한번 말하지만, 농사 일은 안 돼! 그건 엄마 아빠로 충분해!"

짧은 대화가 끝나고, 나는 방으로 돌아와 책상에 앉았다. 이런저런 생각에 잠기다 보니 오늘 하루가 파도처럼 밀려왔다.

창문을 열자 서늘한 바람이 들어왔고, 나는 가온이의 떨리던 손끝과, 마지막에 했던 '고마워'라는 말을 다시 떠올렸다.

내 안에 남겨진 그림자

식탁 위에 남은 국물은 이미 미지근해졌고, 라면 면발은 퍼져서 처음의 형태를 잃었다. 하지만 그건 중요하지 않았다. 나는 그 라면보다도 더 흐물흐물해진 마음을 가슴 안에 껴안고 있었다.

가람이 나를 바라보던 눈빛. 따뜻하지도 차갑지도 않은, 그저 그대로 나를 인정해주는 눈빛.

그게 이상하게도 나를 숨 쉬게 했다.

아빠의 목소리를 들었을 때, 어린 시절의 내가 나왔다. 벽 쪽에 웅크려서 숨죽이던 아이. 소리를 질러도 아무도 도와주지 않았던 시간.

가람이가 내 어깨를 잡아주었고, 그 손은 떨리고 있던 내 몸의 마지막 중심을 붙잡아주었다.

'사람 잘못 보셨어요.'

그 말은 분명 가람이의 목소리였는데, 그 순간 나는 내 심장 안에서 무언가가 울컥 올라오는 걸 느꼈다.

내가 겁에 질려 하지 못한 말을 해준 그거 하나로 나는 조금 더 견딜 수 있을 것 같았다.

가람이 돌아간 후, 나는 조용히 불 꺼진 방 안에 앉아 있었다. 책상 위에 엎드린 채, 나는 입술을 깨물며 미처 그 상황에서 하지 못했던 말을 속삭였다.

"고마워, 가람아."

누군가를 향해 '고맙다'고 마음 깊숙이 말한 건 정말 오랜만이었다. 그리고 정말 고마웠다. 나 같으면 다른 친구가 그 상황에 놓여 있으면 그런 말과 행동을 하지 못했을 텐데 가람이가 해줘서 정말 고마웠다.

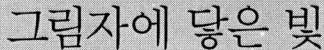

그림자에 닿은 빛

햇살은 변한 것이 없었다. 늘 그랬듯이 창틀에 걸쳐 있었고, 나뭇잎 너머로 흔들리는 무늬만 살짝 다를 뿐이었다.

저 멀리 가온이가 걸어가는 모습을 보면서 조금은 그 애는 가면을 쓰고 있다는 생각이 머릿속을 가득 메웠다.

처음엔 말없이 앉아 있는 모습만으로도 나는 긴장했었다. 아무 말도 하지 않는 존재는 무겁고 두꺼운 벽처럼 느껴졌기 때문이다. 그런데 요즘은 그 벽이 투명한 유리처럼 느껴졌다. 손을 뻗으면 닿을 듯하면서도 아직 닿지 않은 거리.

쉬는 시간에 늘 스케치북을 꺼내던 가온이가 스케치

북을 꺼내지 않았다. 언제나 선뜻 나에게 말을 걸던 애가 오늘은 내게 조심스레 말을 건넸다.

"어떤 책으로 읽고 있어?"

나는 살짝 눈썹을 치켜들고 가온을 보았다. 어떻게 반응을 해야 할지 몰라 평소처럼 무미건조하게 대답했다.

"이방인. 다시 읽는 중이야."

"알베르 카뮈?" 가온이 옅은 미소를 지으며 웃었다. "전에 말했던 책이지?"

나는 짧게 "응"이라고 대답하고, 잠시 교실에 들어오는 오후 햇살이 유난히 부드러웠다.

"너 그런 눈빛으로 풍경을 바라보기도 하는구나." 가온이 나에게 말하자 나는 이상하다는 듯이 가온이를 바라보았다. 그럼 내가 평소에 어떻게 풍경을 바라보고 있었는지 궁금해졌다.

점심시간, 우리는 평소처럼 나란히 앉아 식사를 했다. 특별한 대화는 없었다. 그렇다고 해서 침묵이 어색하지 않았다.

"이번 주말에 계획 있어?"

가온이 먼저 물었다. 나는 잠시 고민하다가 말했다.

"한번 글을 써볼려고."

"글?" 가온이는 의아하다는 눈빛으로 나를 바라보았다.

"그냥… 조금 써볼려고."

그 순간, 가온의 눈이 빛났다. 놀람과 반가움이 동시에 깃든 눈이었다.

"진짜? 글쓰면 나 보여줘! 한번 읽어볼래!"

"제대로 쓸지는 아직 몰라. 그냥 바람일 뿐이야."

"그래도 보고 싶어. 네가 쓴 글 정말 궁금해! 네가 생각하고 상상하는 세계 말이야!"

나는 말없이 숟가락을 내려놓고 물을 조금씩 마셨다. 괜히 말했나 싶었지만, 그래도 내가 글을 쓴다는 것에 기대해주는 사람이 있어서 내심 기뻤다. 점심시간이 끝나갈 무렵, 교실 문 너머로 김에린 선생님의 모습이 보였다. 가온이는 선생님의 부름에 조용히 일어나 교무실로 향했다. 무슨 일일까, 물어보지 않았지만, 괜히 가온이의 뒷모습을 한참 바라보게 되었다.

5교시 문학 수업이 끝나고 김에린 선생님이 나을 불렀다.

"가람아, 잠깐 이야기할 수 있을까?" 나는 짤막하게 "네" 대답하고서 선생님을 따라 교무실로 향했다. 선생님은 차 한잔을 권했다. 괜찮다고 대답했지만, 이내 종이컵에 물을 따라 나에게 내밀었다.

"요즘 고등학교 생활은 어때? 힘든 점은 없어?" 나는 어떤 대답을 해야 할지 몰라 종이컵에 담긴 물을 조금 마셨다.

"선생님이 보기엔 가온이랑 가까이 지내는거 같던데 맞아?" 선생님은 나를 빤히 바라보면서 이야기 하셨다.

"네… 집이 가깝기도 해서 그냥 가까이 지내고 있어요."

"가온이가 너를 정말 좋아하더라, 정말 좋은 친구라면서 말이야." 나는 어떻게 반응을 해야할지 몰라 교무실 책상 이곳저곳을 바라보았다. "그리고 가온이에게 글을 한번 써볼 거라고 이야기 했다며?"

가온이가 선생님에게 말했나 보구나, 하는 생각이 들면서 나는 고개를 끄덕였다.

"아직 어떤 글을 쓸지는 모르겠지만, 이번 주말에 그냥 공책에 끄적거려 보려구요." 내 입으로 선생님께 말하니 왠지 모르게 부끄러웠다.

"괜찮아. 원래 그렇게 시작하는 거야." 선생님은 따스한 미소를 지으면서 이야기하셨다.

"그래도 가온이가 작지만 하고 싶은 걸 찾았나 보네?"

그 부분까지는 기억하지 못했지만, 나는 고개를 끄덕였다. 선생님은 내 반응을 보고 고개를 끄덕였다. 그러곤 손목시계로 시간을 확인하며 이야기하셨다.

"다음 수업까진 얼마 안 남았다. 다음 수업이 수학이었나?"

"네, 수학이에요." 나는 고개를 끄덕이며 대답했다.

"그럼 이따 종례 때 보자." 선생님은 이 말과 동시에 자리에서 일어났다.

교실에 돌아오자 가온은 나에게 선생님이랑 무슨 이야기를 했는지 물었다. 나는 가온을 빤히 바라보면서 가온이에게 말했던 것을 가온이 선생님에게 말한 부분을 말했다.

"선생님과 이야기하다가 네가 이번에 글을 쓸 거라는 말을 한 거뿐이야." 가온은 특유의 생글생글한 표정으로 대답했다. "의도한 건 아니야. 악의적인 건 없었어."

왠지 모르게 찝찝한 느낌이 들었지만, 그러려니 넘어갔다. 그리고 수업이 시작되었기 때문에 나와 가온이는 교과서를 챙겨서 곧바로 자리에 앉았다. 마지막 수업을 마치고서 얼마 지나지 않아서 김에린 선생님께서 종례를 위해서 오셨다.

종례가 끝나고 가방을 챙기던 내 손끝이 잠시 멈췄다. 교실 밖으로 천천히 걸어 나가는 가온의 뒷모습이 눈에 들어왔다. 평소처럼 조용하고 일정한 걸음. 그런데 왠지 모르게, 그 발끝에 망설임이 섞여 있는 것 같았다. 괜한 생각일지도 모르지만, 나는 그걸 알아챈 것만 같았다.

나는 가방을 메고 천천히 그녀를 따라 복도를 걸었다. 바깥은 어느새 붉게 물들어가고 있었고, 교실 창가로 스며든 햇살은 긴 그림자를 교문 쪽으로 드리웠다. 그 그림자 너머, 가온이 잠시 멈춰 섰다. 운동장을 내려다보는 난간에 기대 선 채, 그녀는 말없이 바람을 맞고 있었다.

"가온아."

내가 먼저 불렀다. 스스로도 놀랄 만큼 작은 목소리였지만, 그녀는 고개를 돌려 내 쪽을 바라보았다. 그 눈빛은 무언가를 삼킨 듯 고요했고, 동시에 어딘가 애틋했다.

"선생님이랑 무슨 이야기했는지 물어봤었잖아."

내 말에 가온은 작게 고개를 끄덕였다. 나는 난간 옆에 조심스레 섰다. 바람이 스치듯 불어와, 그녀의 단정한 머리카락을 살짝 흔들었다.

"그냥 학교 생활이 어떤지 이야기 했어." 가온이는 내 말에 고개를 끄덕였다. "그리고 네가 내가 주말에 글을 쓸 거라고 이야기했다고 선생님께서 이야기 해주셨어. 그리고 내가 아직 확실히 뭘 하고 싶은 건지 모르겠거든."

가온은 발걸음을 멈춤고 말없이 내 쪽을 바라보았다. 그러다 작게 웃었다. 아주 작게.

"나도 예전에 그랬어."

"뭘?"

"아무한테도 말 못 한 꿈 같은 거. 엄밀히 따지면, 내가 뭘하고 싶은 건지 몰랐던 거 같아. 지금도 마찬가지지만."

그 말 뒤로 둘 사이엔 잠깐의 침묵이 흘렀다. 그렇지만 그 침묵엔 많은 의미를 담고 있었다. 오히려 따뜻했나. 나는 느꼈다. 그건 나만이 느낀 것이 아니었다. 투명한 유리 같던 벽 너머, 가온의 세계에 아주 조금, 발끝 하나 정도는 닿은 듯한 감각을.

학교 정문을 나서자, 바람이 조금 달라졌다. 오후 햇살이 길게 드리워진 시골길 위로 두 사람의 그림자가 나란히 겹쳐졌다. 나는 무심한 듯 걸었지만, 발끝은 가온의 걸음에 맞춰지고 있었다.

"오늘은 버스 타지 말고, 집까지 같이 걸어 갈래?" 가온이 먼저 입을 열었다. 나는 놀라 고개를 돌렸지만 이내 작게 고개를 끄덕였다. 대답 대신, 걷는 속도를 늦췄다.

길가엔 낮게 피어난 풀꽃들이 바람에 흔들리고 있었고, 논두렁 사이로 개울물이 조용히 흐르고 있었다. 개울을 지나던 어느 순간, 참새 몇 마리가 파닥이며 날아올랐다. 둘 다 말없이 그 모습을 바라봤다. 괜히 말하면 지금 이 고요가 깨질 것만 같았다.

그러다가 발걸음을 멈춘 가온의 손에는 작은 수첩이 들려 있었다. 선이 흐릿하게 그어진 페이지가 몇 장 넘겨졌고, 나는 그것을 흘깃 보고는 조심스레 입을 열었다.

"그림 그리는 거야?"

가온은 수첩을 닫으며 고개를 끄덕였다.

"그냥… 오늘 보고 느끼는 것을 그냥 수첩에 그림으로 끄적거려 보고 있어."

"대단하다. 나는 그림에 소질이 없어서 그렇게는 못 하는데 말이야." 말이 툭, 튀어나왔다. 나 자신도 의외였던 듯 입꼬리를 움찔이며 말을 덧붙였다.

"그… 뭐랄까… 너는 되게 다르게 세상을 보나 봐."

그 말에 가온은 살짝 웃었다. 해가 조금 더 기울면서 두 사람의 그림자가 한쪽으로 쏠려갔다. 그리고 그 길 위로, 두 사람의 발소리만이 조용히 겹쳐졌다.

너의 선 너머

주말 오후, 마을 어귀의 작은 카페는 한산했다. 나는 평소보다 일찍 집을 나섰고, 조용한 공간이 필요해 이곳으로 왔다. 카페 구석자리에 앉아 공책을 펼쳤다. 문장 하나를 적고, 몇 자를 지우고, 다시 적었다. 어떤 이유에서인지는 몰라도 글을 써보고 싶다는 생각이 들어 가온이에게 주말에 글을 쓴다고 했지만, 잘하고 있는 행동인지는 모르겠다.

부모님에게 가온이에게 말했던 것처럼 똑같이 글을 써보고 싶다고 이야기했지만, 아빠는 그냥 의아하다는 듯이 계속해서 갑자기 웬 글이냐고 물어보았고, 엄마는 하고 싶은 걸 찾으라고 했더니 찾긴 찾았구나, 말했지만,

탐탁치 않은 듯 싶었다.

"아이스 아메리카노 나왔습니다." 카운터 너머에서 사장님의 목소리가 들려왔다. 나는 음료를 받아와서 자리에 앉기 무섭게 커피를 마셨다. 내가 잘하고 있는 건지는 잘 모르겠다.

글을 어떻게 시작하면 좋을까 하는 생각에 애꿎은 공책만 볼펜으로 두드리고 있었다. 그러다 나는 무심히 고개를 들었고, 그 순간 손에 쥐고 있던 펜이 멈췄다.

가온이었다. 그애는 문을 들어서며 주변을 조심스럽게 둘러보았다. 마치 주변 상황을 경계하는 한 마리의 새와 같은 모습이었다.

그 옆에는 그녀의 어머니로 보이는 중년 여성이 있었고, 그 맞은편에 앉은 남자는 전에 가온의 집에 찾아 왔던 남자였다. 분위기는 정말 냉랭하기 그지없었다.

나는 본능적으로 고개를 숙이고 공책을 바라보고 있었지만, 자연스레 시선은 가온이 있는 쪽으로 향하고 있었다. 가온은 한마디 말도 없이 고개를 푹 숙이고 있었다. 큰 잘못을 한 어린애마냥 두 손은 무릎 위에서 마주

잡혀 있었고, 어깨는 자꾸만 움츠러들었다.

그들 사이에 무슨 이야기가 오가는지 들리지 않아 알 수 없었지만, 가온의 어머니가 조금 낯선 어투로 무언가를 말하고 있었고, 가온의 아버지로 추측되는 남자분은 무미건조하게 대답하는 듯하였다.

그 와중에 가온은 단 한 번도 고개를 들지 않았다. 왠지 모르게 숨이 막히는 기분이 들었다. 내가 학교에서 봐온 가온의 밝은 모습과는 달라 보였다. 다른 건 모르겠지만, 전에 저 남자를 보았을 때 가온이 가시나무 떨듯이 떨었던 모습을 생각해보면 안 좋은 경험을 준 것만은 확실하다. 나는 펜을 공책 위에 살포시 올려두고서 가온과 가온의 어머니가 있는 쪽을 곁눈질로 바라보았다. 순간 가온이도 말하지 못한 부분을 마음 한구석 깊이 넣어두고 있었구나, 하는 생각이 들었다. 내가 가지고 있는 고민은 아무것도 아니라는 것을 새삼 다시 한번 느껴졌다.

그들은 오래 머물지 않았다. 가온의 어머니가 먼저 자리에서 일어나자 가온의 아버지도 무언가 크게 불만인지

자리를 박차고 일어났다. 마지막까지 고개를 들지 않던 가온이 천천히 몸을 일으켰다.

가온이는 카페를 나설 때까지 고개를 들지 않았고, 나는 한동안 그 자리에 그대로 앉아 있었다. 머릿속은 정리가 되지 않았고, 공책 위에 남겨진 미완성의 문장은 더 이상 이어지지 않았다.

그날 밤, 나는 처음으로 무언가에 홀린 듯이 글을 써내려 갔다. 이야기를 적은 것이라보단 이런저런 내 생각을 적어보았다. 나는 내가 적은 첫 문장을 빤히 바라보았다.
'사람은 누구나 다 마음 한편엔 말하지 못하고, 숨기고 싶은 방 하나쯤은 가지고 있다. 단지 그걸 마주보는 사람이 있을 수도 있고, 그 누구에게도 보이지 않고 마음 구석 한편에 숨겨두는 사람들이 있다.'

월요일, 학교 복도에서 마주친 가온은 언제나처럼 담담한 얼굴이었다. 마치 주말의 일이 없었던 것처럼. 나는 가온이를 부르려다 입술을 다물었다.

1교시가 시작되고, 둘은 평소처럼 나란히 앉았다. 가온이는 필통 안에 있는 볼펜들을 괜히 만지작거리기만 하고 있었다. 나는 무심히 그녀를 바라보다가 조심스럽게 입을 열었다.

"저번에 말했던 글… 아직 다 쓰진 못했는데, 한번 봐볼래?"

"정말? 꼭 읽어볼래!"

점심시간, 우리는 평소보다 조금 일찍 자리를 옮겨 복도 끝 창가로 갔다. 나는 공책을 꺼내 몇 장을 넘겼고, 그녀에게 한 페이지를 내밀었다. 가온은 아무 말 없이 그것을 읽었다. 잠시 후, 아주 작게 입꼬리를 올리며 말했다.

"이 문장. 여기 이 문장이 너무 좋아." 가온의 손가락이 공책의 한 문장을 가리켰다. 그녀는 그렇게 말하고 나서 나를 조용히 바라보았다. "누구에게나 숨기고 있는 방 하나쯤은 가지고 있다는 이 문장을 어떻게 생각한거야? 너무 맘에 들어!"

그 순간, 내 마음속 어디선가 작게 무너지는 소리가 났다. 그리고 동시에, 아주 미세하게 문 하나가 열리는 소리와 함께. 그날 나는 처음으로 알게 되었다. 누군가의 선 너머를 바라본다는 것이, 단지 이해하는 것이 아니라 함께 머무르겠다는 말이라는 걸.

수업이 끝나고 우리는 교실을 나섰다. 특별히 약속한 것도 아닌데, 발걸음이 나란히 이어졌다. 복도 끝 창문에 비친 우리의 실루엣을 가온이 조용히 바라보았고, 그건 마치 같이 걷자는 신호처럼 느껴졌다.

학교 정문을 지나 마을길로 접어들자 늦은 오후의 햇살이 길게 뻗어 있었다. 바람은 부드럽고, 아스팔트 위에 드리운 두 사람의 그림자가 느리게 움직였다. 가온은 가끔 발끝으로 바닥의 선을 긋듯 걷다가, 가만히 멈춰 서서 하늘을 올려다보았다.

"오늘은 날씨가 좋네." 내가 중얼거렸다. 신기하게도 그날은 햇빛이 따갑거나 그렇지 않고, 날씨가 좋았다.

"그렇게 날씨가 좋네." 가온이 웃으며 말했다.

가온이에게 그날 카페에서 보았다고 말을 건네고 싶었

지만, 어떻게 말을 건네야 할지 머릿속에서 정리가 되지 않았다. 이상하게도 마음은 한참을 걸은 듯한 기분이었다.

가온이 내 옆에서 여러 이야기를 했지만, 귀에 하나도 들어오지 않았다. 기억에 남은 이야기는 집에 거의 도착했을 때 다음에 자기 집에서 또 놀자는 가온의 말이었다. 나는 고개를 끄덕이고 손을 흔들며 내일 학교에서 보자며 인사하며 헤어졌다.

나는 내가 무너지지 않기 위해 만든 수많은 방 중 하나의 문을 오늘 처음으로 조금 열었다. 누가 들어오려 하진 않았지만, 바깥에 누군가 있다는 건 따뜻했다. 그애는 두드리지도 않았고, 재촉하지도 않았다. 그저… 그 자리에 함께 서 있었다.

조각난 마음의 퍼즐 맞추기

 월요일이 지나고 화요일이 왔다. 별다를 건 없었지만, 가온과 함께 걸었던 그날 이후 나는 자꾸만 생각에 잠기곤 했다. 그애가 내 옆에 있는 동안 나는 무언가를 기다리는 사람처럼 조심스럽게 마음을 더듬었다.
 "가람아, 지금 독서실에 갈 건데, 같이 갈래?" 쉬는 시간, 가온이 내게 말했다.
 고등학교 입학 이후 한 번도 도서관에 가보지 않았고, 딱히 갈 생각도 없었지만, 굳이 안 갈 이유도 없기에 이 기회에 같이 가면 좋은 것 같아서 나는 고개를 끄덕이며 같이 가자고 대답했다.

가온은 말없이 걸었고, 나는 그 뒤를 따라갔다. 책장 사이로 부드러운 햇살이 스며들고 있었다. 우리는 창가에 나란히 앉아, 각자 가져온 책을 펼쳤다. 책장 넘기는 소리와 가끔 멀리서 들리는 발자국 소리만이 공간을 채우고 있었다.

"이 책을 읽으면서 갑자기 든 생각인데 어떤 사람들은 밤을 견디는 데 너무 익숙해져서 어두운 밤과 친구가 되었다는 문장을 본적이 있어." 나는 고개를 돌려 가온을 바라보았다. 그애는 여전히 책을 쥔 채 시선을 내리지 않았다.

"어릴 땐… 밤이 무서웠거든. 아무도 없는 방에서 혼자 있으면, 자꾸 숨이 막히는 것 같았어. 근데 시간이 지나면서 그 숨 막히는 어두운 방이 편해지더라." 한참이 지났을까. 가온이 책을 덮으며 나에게 말했다. 나는 아무 말도 하지 않았다. 대신 그저 손가락을 책장 위에 올려놓고, 조용히 눌렀다. 그애가 꺼낸 말에 어떠한 말을 해야 할지 떠오르지도 않았다.

그날 저녁, 나는 집에서 공책을 펼치고, 무언가에 홀린 듯이 적어 내려갔다.

'누구나 마음 속엔 방 하나쯤 있다. 빛이 들지 않는 방, 소리도 닿지 않는 그 안에서 누군가는 살아남는 법을 배운다. 나는 지금, 그 방 앞에 앉아 있다. 문을 열진 못하지만, 문 앞에 앉아 있을 수는 있으니까.'

이 문장을 적고서 다시 공책을 덮고서 천장을 올려다보았다. 그냥 어렴풋이 글을 쓰겠다고 생각하고 조금씩 쓰고 있지만, 제대로 쓰고 있는지 의문이 들면서 내가 정말 하고 싶은 일이 이건가 하는 생각이 들면서 머릿속이 하얀 도화지가 되어버렸다.

며칠 뒤, 교무실에 선생님이 부탁하신 심부름을 끝내고, 짐을 챙기기 위해 교실로 돌아가던 중 복도에 서서 창밖을 바라보고 있는 가온이가 눈에 띄었다.

"여기서 뭐해? 먼저 집에 간 거 아니었어?" 내가 묻자, 가온이 고개를 돌렸다.

"…비가 오려나 봐." 오늘 날씨는 맑았는데 애가 무슨 말을 하는 건가 싶었다. 무슨 안 좋은 일이 있는 건 아닌가 하는 생각이 들었다.

생각해 보면 가온이가 본인 이야기를 한 적이 없는 것 같았다. 나는 종종 내가 가지고 있는 고민이나 부모님과 나와의 관계에 대해서 이야기했지만, 가온이는 일절 그런 이야기를 하지 않고, 그냥 그림과 만화에 관하여 이야기한 것 이외에는 기억나지 않았다.

그날 오후 마지막 수업은 체육이었고, 남자애들은 운동장에서 흙먼지를 날리며 축구를 하고 있었다. 여자애들은 운동장 스탠드에 앉아 이야기꽃을 피우고 있었다. 중학생 때까지는 주로 아이돌이 주된 이야기 주제였다면, 고등학생이 되니 그래도 학업과 진로에 관한 이야기 비중이 많이 늘었다. 내가 애들 무리에 껴서 이야기를 나누는 건 아니지만 약간 멀찍이 앉아 이야기를 듣고 있고, 시선은 그냥 남자애들이 공차는 모습만 바라보고 있었다.

"너는 아직도 부모님이 농사 지을 생각은 꿈도 꾸지 말라고 하셔?" 가온이 불쑥 내 옆에 앉아 말을 걸었다.

"늘 그렇지 뭐." 나는 괜히 고개를 떨구면서 말했다. "그나저나 너 요즘 무슨 일 있어?"

가온이는 고개를 저으며 아무 일 없다고 대답했다. 그날 카페에서 봤다고 이야기하고 싶었지만, 입이 떨어지지 않았다.

　"너 우리 집에 온 첫날 기억해? 내 아빠라고 하는 남자가 온 날." 나는 눈썹을 치켜들고, 고개를 끄덕였다. 나는 얘가 무슨 말을 할지 갈피가 잡히지 않았다. "그 사람 우리 아빠야. 근데 지금은 아니야. 우리 부모님 이혼했거든."

　나는 아무 말하지 않고, 괜히 바닥만 바라보고 있었다. 그리고 얜 이런 이야기를 학교 체육시간에 아무렇지 않게 이야기해서 어떻게 받아들여야 할지 모르는 것도 있었다.

　"아빠라는 사람이 나와 엄마를 때렸거든."

　가온이는 다리를 팔로 감싸안고 앉았다.

　"초등학교 몇 학년인지는 모르겠는데 어릴 때부터 맞고 산 거 같아. 그래서 내가 중학생 때 이혼하고, 엄마하고 나는 여기로 이사 왔어."

　나는 눈곱만 한 작은 돌멩이를 만지작거리면서 가온이

의 이야기를 듣고 있었다. 나만 그런 건지는 모르겠지만, 어떠한 반응을 해야 할지 몰라 그냥 가만히 있었던 게 컸다.

"그래서 그런기, 나는 사람들에게 억지로 다가간거 같아. 혼자 있기 무섭고, 싫으니깐."

사람들과 왠지 모르게 물과 기름처럼 섞이지 못하는 느낌을 받은 나와는 달랐다. 가온이는 어떻게든 사람들과 어울리려고 했다.

"미안해, 나 때문에 분위기 이상해졌다."

가온이는 고개를 들어 나를 바라보며 미소를 지었다. 하지만 자세는 그대로 다리를 팔로 감싸안고 있었다.

"아니야, 괜찮아. 누구나 아픔이 있는데 뭘."

나는 가온이의 얼굴을 바라보며 대답했다. 가온이는 미소 짓고 있었지만, 왠지 모르게 그 미소 안에서 슬픔이 느껴졌다.

가온이는 여전히 무릎을 끌어안은 채 잔잔히 웃고 있었지만, 나는 그 표정에서 뭔가 놓치고 있는 듯한 애잔함을 느꼈다. 그 웃음은 마치 오랫동안 울다 지친 아이가 어른들에게 걱정을 끼치지 않으려 애쓰는 것 같았다.

그뒤로 정적이 흘렀다. 운동장에서 들려오는 남자애들의 기운찬 목소리와 삼삼오오 모여서 이야기를 나누는 참새처럼 떠들고 있는 여자애들의 목소리, 그리고 바람 소리만이 나와 가온이 사이에 있는 정적을 채우고 있었다.

"가람아, 나 있잖아."

"응?"

나는 고개를 획 돌리며 가온이를 바라보았다.

"엄마도 그렇고, 사람들이 나보고 웃는 얼굴이 예쁘대. 그래서 계속 웃게 되더라. 웃고 있으면 다 괜찮다고 믿는 것 같아서."

나는 고개를 끄덕였다. 이해할 수 있었다. 나도 그랬으니까. 괜찮다는 말이, 때로는 진심이 아니지만, 그게 그로 인해서 진짜 괜찮아지는 것 같으니깐 말이다.

그 순간, 어디선가 호루라기 소리가 들려오고, 체육 수업이 끝났다는 신호가 멀리서 울렸다.

우리는 둘 다 가만히 앉아 있었다. 아무 말도 하지 않고, 아무런 움직임도 없이, 그저 서로의 온기를 조심스럽게 나누고 있었다.

"그래도 너에게 말하니깐 조금은 개운하다." 가온이 미소 지으며 입을 열었다.

나는 아무 대답도 하지 않았다. 그저 내가 할 수 있는 건 고개를 살짝 끄덕이며 그 말이 퍼지는 곳까지 조용히 마음을 여는 것뿐이었다. 가온이의 이야기를 들으면서 든 생각은 어쩌면 가온이 옆에 앉아 있으면서 생각했다. 퍼즐을 맞춘다는 건 빠르게 조각을 끼워 넣는 게 아니라, 서로의 조각을 하나씩 조심스럽게 내어주는 게 아닐까.

왠지 모를 후회

집으로 돌아오는 길, 평소보다 훨씬 짧게 느껴졌다. 같은 거리인데도 발걸음이 자꾸 앞서 나갔다. 머릿속이 복잡한 날엔, 어쩐지 몸이 먼저 도망치려 하는 것 같다. 현관문을 열고 들어오자 어두운 집이 날 맞이했다. 엄마는 아직 일이 끝나시지 않은 듯 싶었다. 나는 불도 켜지 않은 채 방으로 들어와 침대에 앉았다. 어둠 속에 가만히 앉아 있으니, 아까 그 순간이 자꾸 떠올랐다. 가람이가 나를 바라보던 그 눈빛, 아무 말 없이 고개를 끄덕여준 표정. 그리고, 말하지 못한 말들.

조금만 더, 솔직했으면 어땠을까. '아니야, 너무 솔직했던 거 같다'라는 생각이 들었다. 갑자기 내 과거를 말해서 가람이가 놀라지 않았을까? 하는 생각에 나는 무릎을 끌어안고 숨을 들이쉬었다. 오늘은 울적한 느낌을 가지고 싶지는 않았다. 하지만 마음 어딘가가 자꾸만 저릿거렸다.

그리고 누군가에게 마음의 조각을 내어주는 일이 생각보다 더 무서운 일이라는 걸, 나는 방금 알게 되었다. '괜찮다'는 말로 덮어두면 아무 일도 없는 것처럼 살 수 있을 줄 알았는데. 그냥 덮어두는 것도 나에겐 잘 안 됐고, 내가 가지고 있었던 어두운 퍼즐 조각을 다른사람에게 들춰내서 보여줘도 되는 건지는 잘 모르겠다.

어쩌면 내가 웃는 얼굴로 말했을 때, 가람이 그 미소 안의 슬픔을 봐버렸을지도 모른다. 만약에 그 표정을 가람이가 봤을 거라 상상에 왠지 모르게 마음 한구석이 아팠다.

나는 이불 위에 누워 천장을 바라보다가, 조용히 눈을 감았다. 문득, 내가 했던 말들이 머릿속을 지나갔다. 그 말들이, 오늘 내내 머릿속을 맴돌았던 이유를 조금은 알 거 같았다. 그렇게 말하지 말고, 이렇게 말했더라면 좀 더 유쾌하게 넘어가지 않았을까? 아니면 말을 안 했다면 어땠을까? 하는 생각에 약간 잠을 설쳤지만, 선선한 달빛이 나를 감싸안아 나는 잠에 들었다. 마음 한구석이 아직 저릿했지만, 그 아이에게 건넨 작은 조각 하나가 어쩌면 나를 조금 더 용감하게 만들었을지도 모른다.

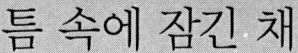

틈 속에 잠긴 채

  학교가 끝나고 나와 가온이는 스탠드 끝자락에 앉아 있었다. 운동장은 여전히 시끄러웠다. 애들은 공을 차면서 이동하고, 같이 가자고 큰 소리로 서로를 부르는 소리로 가득 찼다.

  바람에 먼지가 날렸다. 하지만 그 모든 게 멀게만 느껴졌다. 가온은 고개를 숙이고 있었다. 손끝으로 스탠드의 바닥을 끄적이며, 무슨 생각을 하는지 알 수 없는 표정을 하고 있었다. 나는 그 옆에 앉아 있었다. 무언가 말해야 할 것 같았지만 무슨 말을 해야 할지 떠오르지 않았고, 어떠한 할 필요가 있는지도 잘 몰랐다.

  그냥, 그 자리에 앉아 있었다. 서로를 바라보지 않은

채, 서로의 온기만을 희미하게 느끼면서. 애들이 조금씩 각자의 길로 사라지고 조금씩 비어가는 운동장을 바라보고 있었다.

"웃을 땐, 진짜 괜찮은 줄 알았어." 가온이가 말했다.

나는 아무 대답도 하지 않았다. 그 말을 알아듣지 못한 것도 아니고, 알아듣고도 할 말이 없었던 것도 아니고, 그냥… 대답이 필요 없는 말 같았다. 잠깐 정적이 흘렀다. 멀리서 공이 철망에 부딪히는 소리가 났고, 누군가가 크게 웃으면서 이제 학원에 가자고 말하였다. 가온이 내 쪽을 바라보며 다시 입술을 열었다.

"너, 라면 먹고 갈래?" 그 말에 나는 조금 웃음이 났다. 어떤 말을 해야 할지 머릿속이 멍해지는, 나에겐 맥빠지는 말이었다. 어쩌면, 다시 말을 붙이기엔 좋은 말인 거 같다.

가온은 그런 내 표정을 보고, 따라 웃었다. 우리는 서로를 보고 웃었지만, 그 웃음이 무엇을 의미하는지는 모르겠다. 그저, 웃는 얼굴을 하고 있을 뿐이었다. 햇빛이 기울고 있었다. 가온이 자리에서 일어나며 말했다.

"그래, 가자." 나는 고개를 끄덕이고 따라섰다. "이번엔 우리 집에서 라면 먹으면서 놀자."

가온이는 웃으며 알겠다고 대답했지만, 우리는 걸어 내려가며 아무 말도 하지 않았다. 내내 바람만이 스탠드 계단 사이를 스치고 있었다. 계단을 내려가면서, 나는 문득 그런 생각이 들었다. 우리는 어쩌면, 같은 퍼즐을 맞추는 게 아니라, 서로의 틈 속에 잠겨 있는 게 아닐까. 그저, 그 틈이 닫히지 않도록 가만히 앉아 있는 것뿐이 아닐까. 그렇게 생각하자 마음이 조금 더 무거워졌다. 하지만 또, 이상하게도 편안했다.

운동장을 가로질러 가는데, 바람이 흙먼지를 일으켰다. 가온은 앞서 걷고 있었고, 나는 그 뒤를 따라갔다. 서로를 부르지도 않았고, 가끔씩 마주치는 눈빛에도 아무런 말이 없었다. 주인 모를 축구공이 보였고, 가온은 그 공을 가만히 내려다보다가 발끝으로 살짝 밀어 보냈다. 공은 천천히 운동장 한가운데로 돌아갔다.

"너는, 언제 제일 불편해?" 가온이 말문을 열었다.

나는 걸음을 멈추고, 그 애의 등을 바라봤다. 가온이

도 내 걸음이 멈추는 소리가 들렸는지 걸음을 멈추고, 천천히 나를 바라보았다.

"글쎄." 나는 대답했다. "그냥 내가 제대로 살아가고 있는지? 아니면 내가 제대로 살아기고 있는지에 대한 의문이 들 때 가장 불편하지."

"나랑 비슷하네." 가온이 작게 웃었다.

우리는 교문을 나서며 발걸음을 맞췄다. 하늘은 맑았지만, 어디선가 쌀쌀한 바람이 불어왔다. 가온이 손을 주머니에 넣은 채 말했다.

"가끔은 그냥… 다 끝났으면 좋겠다는 생각을 해. 근데 또, 끝나면 안 될 것 같기도 하고."

"나는 그냥, 끝나든 안 끝나든 상관없다는 생각이 들어." 나는 주머니 속에서 손가락을 꼬아 쥐며 대답했다.

가온이 내 쪽을 잠깐 바라보더니, 다시 앞을 보았다.

"뭐 틀린 말은 아니긴 하지." 그뒤로 나와 가온이는 아무런 대화를 나누지 않고 길을 걸었다.

가온과 함께 집에 들어섰다. 거실은 조용했고, 엄마는 없었다. 나는 신발을 벗고 부엌으로 가 라면을 꺼냈다.

"엄마는 늦을 거야. 그냥 앉아."

가온은 거실 소파에 앉아 부엌 창밖을 바라보았다. 나는 물을 올리고, 라면을 꺼내고 나서 이것저것 준비하였다. 냄비에서 물이 천천히 끓기 시작했고, 그 사이를 채운 건 묘하게 무거운 정적이었다.

"맵게?" 내가 물었다. 가온은 고개를 살짝 저었다.

"상관 없어." 나는 아무 말 없이 냄비를 바라보았다. 물소리가 부글거리며 둘 사이를 채웠다. 가온이 창밖을 보며 말했다. "여기, 조용하네."

나는 짧게 "응." 하고 대답했다. 그 말엔 아무런 색도 없었다. 그냥 사실을 확인한 듯한 말.

라면이 다 끓자 그릇에 담아 가온 앞에 밀어놨다. 우리는 말없이 라면을 먹기 시작했다. 후루룩거리는 소리만이 부엌을 메웠다.

가온이 면을 씹으며 말했다.

"근데 너는 언제부터 시골에 살았어?"

나는 가온을 잠시 바라보다가, 다시 면을 집어 먹었다.

"태어났을때부터 여기에 살았어." 나는 잠깐 생각에 잠기고 다시 입을 열었다. "그래서 그런가 시골 특유의 낭만인지 뭔지 그런 건 잘 모르겠어. 시골은 언제나 조용하고, 특별할 것 없이 같은 하루가 반복되거든."

그 말을 하고도 왜 그렇게 말했는지 나 자신도 잘 몰랐다. 그저 그렇게 흘러나온 말.

"태어났을때부터 살았으면 그럴 수도 있겠다."

가온이는 입안에 있는 라면을 삼키고서 말을 이었다.

"나는 도시에 살다가 와서 그런지 시골 특유의 분위기 때문에 맘이 편해지는 것 같아."

"그런가?" 나는 잠깐 생각에 잠겼다. "뭐, 시골이랑 도시가 다르니깐 뭐."

그후 가온이와 나는 라면 먹는 데 집중했고, 그렇게 라면 그릇이 비워지고, 가온은 젓가락을 내려놓았다.

"잘 먹었어." 가온이의 말에 나는 짧게 고개를 끄덕였다.

"응, 잘 먹었다니… 다행이다." 그런 칭찬이 어색했고, 대답하는 것도 어색해서 괜히 바닥을 보았다.

가온은 가방을 메고 현관으로 갔다. 나는 문가에 서서

그 모습을 지켜봤다. 신발을 신는 가온의 손끝이 천천히 멈췄다.

"다음엔 너도 우리 집에 와." 그 말에 나는 잠시 생각하다가 짧게 말했다.

"그래." 가온은 문을 열고, 차가운 바람이 거실 안으로 들어왔다. 머리칼이 흩날리던 가온이 나를 바라보며 말했다.

"특별히 뭐 안 하고, 이렇게 같이 시간을 보내는 것도 좋다." 나는 대답하지 않았다.

대신 고개를 아주 조금 끄덕였다. 가온이 입꼬리를 올리고는 골목으로 걸어 나갔다. 나는 그 자리에 서서 그 뒷모습을 바라보다가, 문을 닫았다.

거실로 돌아오니 불이 너무 밝아 눈이 시렸다. 라면 국물이 남아 있는 그릇을 싱크대에 옮기고, 물을 틀어놓았다. 그릇에 묻은 국물이 서서히 씻겨 내려가는데, 이상하게도 그 순간이 더 어색하게 느껴졌다. 나는 방으로 들어가 가방을 내려놓고 침대에 누웠다.

창밖으로는 어둠이 내려와 있었다. 바람이 불어 창문

이 조금 흔들렸다. 아무 일도 없었던 것 같으면서도, 뭔가가 조금 달라진 것 같기도 했다. 베개 옆에 두었던 공책을 펼쳤다. 빈 페이지에 천천히 글씨를 적었다. 가온의 뒷모습이 아직도 남아 있다. 틈은 그대로인데, 그게 왜인지 조금은 덜 무섭다. 펜을 놓고 천장을 바라봤다. 방 안의 공기는 여전히 차갑고, 아무 일도 일어나지 않았다.

하지만 그 공기 안에 어쩐지, 가온이 남기고 간 작은 온기가 배어 있는 듯했다. 눈을 감고 있을 때 엄마와 아빠가 일을 마치고 집에 들어오셨다. 나는 방에서 나와서 인사를 드렸다. 엄마는 나를 보자마자 밥을 먹었는지 물어보면서 주방으로 들어가셨다.

"야! 이가람! 밥을 먹으라니깐 라면으로 끼니를 때운거야?" 엄마는 주방에서 소리치면서 말했다.

"친구가 와서 같이 먹은 거야!" 나는 방에서 소리치며 대답했다.

내가 대답하고서 엄마께서 뭐라고 말씀을 하셨지만, 들리지 않았다. 밥을 먹어야지 라면을 먹으면 어떡하냐는 내용의 잔소리를 하셨을 거라는 생각이 들었지만 딱히 밖에 나가서 듣고 싶지는 않았다. 방 밖에서 부모님이 식사를 마치고 뒷정리하는 소리와 TV를 보시는 소리를 들려왔다. 머지 않아 정적이 흘러왔다. 풀벌레 소리를 들으면서 눈을 감으며 잠에 들었다.

멈춘 듯한 여름날

학교는 점점 여름방학 준비로 술렁였다. 복도 끝 창문으로 들어온 바람은 뜨겁고 무거웠다. 교실의 선풍기는 덜컹거리며 힘겹게 돌아가고 있었다.

가온이는 며칠째 학교에 나오지 않았다. 처음에는 단순히 여름감기에 걸린 줄 알았다. 하지만 삼일이 지나자 불안이 스며들었다. 운동장에서 뛰어다니는 아이들 사이를 걸을 때도, 급식실에서 밥을 먹을 때도, 자꾸만 빈자리가 눈에 밟혔다. 그 애가 앉아 있던 자리는 더운 공기 속에서도 차갑게 남아 있는 듯했다.

그날 점심, 김에린 선생님이 복도에서 손짓을 하며 불렀다.

"가람아, 잠깐."

교무실 구석에서 선생님은 목소리를 낮췄다. "가람이가 가온이랑 가깝게 지내는 것 같아서 말인데… 가온이가 며칠째 학교에 안 나오는 이유를 아니?" 나는 고개를 저었다.

"며칠 전에 가온이 어머니가 과로로 쓰러져서 병원에 입원하셨대. 가온이가 옆에서 같이 돌보고 있더라. 병원은 여기서 멀지 않은 하람병원이야. 선생님도 얼굴은 한 번 봤는데… 혹시 친구로서 가봐줄 수 있을까?"

나는 말없이 고개를 끄덕였다. 손끝이 싸늘해졌다. 교실로 돌아와서는 자연스레 가온이의 자리에 눈길이 멈췄다.

병실에는 가온이는 없고, 환자분들과 가온이 어머니만 계셨다.

"안녕하세요."

가온이 어머니는 나를 위아래로 훑어보며 말씀하셨다.

"가온이 친구구나? 가온이는 잠깐 집에 짐 가지러 갔단다. 금방 올 거야. 앉아 있으렴."

나는 어색하게 파란 접이식 의자에 앉았다. 어머니의 손은 마르고 거칠었다. 몸은 회복되지 못한 듯 목소리에도 힘이 없었다.

"혹시 학교에서 가온이가 잘 지내는지 말해줄래? 집에서는 이야기를 하나도 안 해서 걱정이구나."

나는 눈을 마주치지 못한 채 대답했다.

"네, 친구들이랑 잘 지내고 있어요. 저한테도 밝게 대하고요."

어머니는 창밖을 보며 고개를 끄덕였다.

"그렇구나. 잘 지내고 있다니 다행이다. 가온이가 적응 못할까 걱정했거든."

그때 병실 문이 열리는 소리가 들려 문쪽을 바라보았다. 다른 사람일까하는 생각이 들었지만, 문틈 사이로 익숙한 얼굴이 들어섰다. 헐렁한 회색 티셔츠와 슬리퍼 차림, 조금 피로에 찌든 모습이었지만 가온이가 분명했다.

"왔구나…"

낮고 잠긴 목소리 속에는 놀람과 기쁨이 섞여 있었다.

나는 자리에서 일어나 고개를 끄덕였다.

가온 어머니는 우리를 바라보며 부드럽게 말했다.

"가람이가 와서 기다리고 있었단다. 잠깐 나가서 이야기하고 와." 나는 가온이 어머니께 인사를 드리고 가온이와 함께 병실에서 나왔다. 한동안 침묵이 이어졌다. 가온이 먼저 입을 열었다.

"미안… 이런 데까지 오게 해서." 나는 잠시 고개를 숙였다가 천천히 올렸다.

"괜찮아. 선생님이 부탁하시기도 했고… 나도 그냥, 네가 걱정돼서."

가온은 멋쩍게 웃었다. 웃음은 오래 머물지 못했지만, 그 순간이 강하게 남았다.

매미 소리가 창문 밖에서 쏟아져 들어왔다. 그 속에서 가람의 낮은 목소리가 흘렀다.

"너… 괜찮아?"

가온은 잠시 망설이다가 작게 고개를 끄덕였다.

"응, 괜찮아. 의사선생님이 말하시길 과로라고 하시더라고. 엄마도 곧 퇴원하실 거야."

나는 시선을 돌리며 말했다.

"그렇다니 다행이다."

가온이 조심스럽게 물었다.

"학교는… 요즘 어때? 나 없으니깐 심심하지?"

나는 가방끈을 만지작거리며 대답했다.

"그냥 그래. 덥고, 시끄럽고, 선풍기는 여전히 덜컹거리고."

가온은 짧게 웃었다. 차가운 공기가 그 웃음으로 조금 덥혀지는 듯했다.

"그리고 네 자리만 텅 비어 있으니 허전하더라."

내 말에 가온은 고개를 숙이고 잠시 멈췄다. 복도 끝, 작은 화분의 잎이 바람에 흔들리고 있었다.

"곧 돌아갈 거야. 엄마도 곧 괜찮아지실 테니까."

그녀는 창문 바깥을 바라보며 미소 지었다. 햇살이 나뭇잎 사이로 반짝였다.

가온과 나는 한참 이야기를 나누다 헤어졌다. 가온이 병실로 들어가는 모습을 보고서야 나는 발길을 돌렸다. 집으로 가는 버스 창밖을 멍하니 바라보고 있을 때, 휴대폰이 울렸다.

[오늘 와줘서 고마워. 학교에서 보자.]

메시지를 확인한 나는 한참이나 창밖을 바라보았다. 밤이 되어 방 창문을 조금 열어두니 매미 소리가 간간이 흘러들었다. 침대에 누운 채 휴대폰 화면만 멍하니 바라보다가 시간을 보냈다.

다음 날, 가온은 교실에 와 있었다. 반 친구들과 이야기를 나누며 웃고 있었다. 병원에서 본 모습과는 전혀 달랐지만, 그래도 내가 처음 만났던 모습과 다르지 않아서 나름 안도감이 들었다. 가온은 나를 보자 환하게 인사했고, 나는 옆자리에서 조용히 앉아 가온이와 반 애들이 나누는 이야기를 들었다.

김에린 선생님께서 짧은 조례를 마치고, 나를 교실 앞으로 따로 부르셨다.

"가람이가, 너가 관심이 있는지는 모르겠지만, 네가 책을 좋아하고 그러니깐 한번 참여해보면 좋겠는데… 기간도 딱 이번 여름방학이랑 겹치기도 하고 말이야. 한번 해보는 게 어때?"

나는 포스터만 한참 바라보다가 조심스럽게 고개를 끄덕였다.

"그거 뭐야?" 자리에 돌아오기 무섭게 앉아 나와 선생님의 대화를 자리에서 바라보던 가온이가 물었다.

"아, 그냥 지자체에서 하는 백일장이래. 선생님이 참가해보라셔서." 나는 선생님에게 들은 그대로 대답했다.

가온은 나를 빤히 바라보았다. 그 시선이 의미하는 것이 무엇을 뜻하는지 의문이 들었다.

"선생님 말처럼 진짜로 한번 해 보는 게 어때?" 가온이는 턱을 내 쪽으로 괴며 말했다.

"내가 뭔 백일장이야." 나는 괜히 홍보 포스터를 만지작거렸다.

"그래도 한번 써서 해보는게 좋을 것 같은데."

가온이는 입을 삐죽 내밀며 말했다.

"그래도 진지하게 생각해봐."

나는 그냥 고개만 끄덕였지만, 마음속에서는 가온의 시선이 자꾸 떠올랐다. 그날 병원 앞에서 스며들던 햇살, 그리고 지금 내 옆에서 웃고 있는 얼굴이 겹쳐졌다.

더운 여름을 알리는, 숨이 막힐 듯 이어지는 매미 소리가 창밖에서 들려왔다. 무언가가 이제 막 시작될 것만 같았다.

계절의 경계선에서

교실 창밖의 햇살은 여전히 여름의 열기를 머금고 있었지만, 바람 끝에는 묘하게 서늘한 기운이 섞여 있었다. 며칠 전만 해도 창문을 스치던 바람은 무겁고 눅눅하기만 했는데, 오늘은 잠시라도 고개를 들어 맞닿고 싶어질 만큼 부드러웠다.

나는 책상 위에 놓인 백일장 포스터를 다시 펼쳐보았다. 굵은 글씨로 적힌 '여름방학 글쓰기 대회'라는 문구가 마치 눈앞에서 반짝이는 듯했다. 하지만 그 반짝임은 기대보다는 부담에 가까웠다. 글을 쓴다는 것, 그리고 그 글을 누군가에게 보여준다는 게 두렵게만 느껴졌다. 그럼에도 김에린 선생님의 말, 그리고 가온의 목소리가

마음속에서 계속 맴돌았다. '진지하게 생각해 봐.'

점심시간이 끝나갈 무렵, 가온이 가람의 자리 옆에 앉았다. 아이들과 함께 웃고 있는 모습은 평소와 다르지 않았지만, 가까이서 보니 눈가에는 여전히 피로가 남아 있었다. 가온은 잠시 말없이 창밖을 보다가, 고개를 돌려 조심스럽게 입을 열었다.

"사실… 너한테 말할까 고민했는데 말해도 될 거 같아서."

가람은 고개를 들었다. 가온의 목소리는 낮고 잠겨 있었지만, 그 안에는 묘한 결심이 담겨 있었다.

"엄마가 혼자 일하시잖아. 그게 예전부터 힘들었어. 아빠는 그냥… 집을 나가셨고. 엄마는 아빠가 없다고 생각하라고 하시는데, 난 아직도 그게 쉽지 않더라. 아빠는 나하고 엄마를 엄청 때렸거든."

가람은 순간적으로 말문이 막혔다. 무슨 말을 해야 할지 몰라 손끝만 만지작거렸다. 가온은 잠시 웃으며 말을 이어갔다.

"중학교때 친하다고 생각한 애한테 말했더니, 금세 다

른 애들한테 퍼져버리고 그 애들은 나를 안쓰럽게 보더라. 나는 그런 반응을 원한 게 아닌데. 졸지에 드라마에 나올 법한 비련한 여주인공이 된듯한 기분이라 썩 좋지는 않더라."

가람은 천천히 숨을 들이켰다. 그리고 작은 목소리로 말했다.

"그리고 왠지 모르게 애들하고 얇은 벽이 생긴 것 같기도 하고."

"말해줘서 고마워. 나한테는, 그냥… 네 얘기니까."

나는 어떻게 반응할지 몰라 고개를 끄덕이며 다시 창밖을 바라보았다. 햇살에 흔들리는 나뭇잎 사이로 매미 소리가 끊임없이 쏟아져 들어왔지만, 두 사람 사이에는 오히려 묵직한 침묵이 내려앉았다.

며칠 뒤, 방학이 본격적으로 시작되자 학교는 빠르게 텅 비어갔다. 교실 창가에 걸려 있던 선풍기도 더 이상 돌아가지 않았다. 나는 집에 돌아와 책상 위에 연필과 노트를 꺼내 두었다. 백일장에 나갈 글을 쓸지 말지는 여전히 확신이 없었다. 하지만 빈 종이를 마주 앉아 가만히 들여다보고 있자니, 자꾸만 가온의 말과 웃음이 떠올랐다.

'그래도 한번 써서 해보는 게 좋을 것 같은데.'

그건 단순한 권유가 아니었다. 글을 쓰는 일은 대회 참가 여부를 넘어서, 스스로를 드러내고 누군가와 나누는 일이 될지도 모른다는 생각이 천천히 스며들었다.

어느 늦은 오후, 가온에게서 메시지가 왔다.

[내일 시간되면 나올래? 같이 도서관 가자.]

짧은 문장이었지만, 나는 한참 동안 휴대폰 화면을 바라보다가 천천히 '그래'라고 답장을 보냈다.

다음 날, 나와 가온인 동네 도서관에서 마주 앉았다. 여름방학이라 그런지 도서관 안은 조용했고, 창문 사이로 들어온 빛이 책장 위에 길게 내려앉아 있었다. 가온은 괜히 책장에서 책을 고르는 척했지만, 사실은 멍하니 먼지만 바라보고 있었다. 나는 가방에서 노트를 꺼냈다. 연필 끝을 종이에 대자, 머릿속에서 매미 소리가 멀어지고 대신 단어들이 천천히 스며들기 시작했다.

도서관을 나서자 하늘은 어느새 붉게 물들고 있었다.

아직은 여름의 열기가 짙었지만, 저녁 바람은 확실히 달랐다. 두 사람은 나란히 걸었지만, 서로를 바라보지 않은 채 각자의 그림자를 길게 늘어뜨렸다.

나는 잠시 걸음을 멈추고 가온을 바라봤다.

"가온아."

"응?"

"그 백일장 말이야… 나, 한번 해 보려고."

가온은 고개를 끄덕이며 짧게 웃었다.

"잘 생각했어. 너라면 충분히 할 수 있을 거야!"

가벼운 어투로 말했지만, 내 마음속 깊은 곳을 울렸다.

"아 그리고 글쓰기 이외에도 그림도 참여할 수 있는 것 같더라. 너도 괜찮으면 참여해 봐."

나는 마음 한편으론 가온이가 거절할 거라 생각했다.

"그래, 그럼 이따가 포스터를 사진 찍어서 보내줄 수 있어? 나도 한번 해 봐야겠다."

가온이는 방긋 웃으며 대답했다. '내가 괜한 생각을 가지고 있었구나' 하는 생각이 들었다.

여름 초저녁 바람을 맞으며 집으로 걷는 길, 두 사람은 백일장 주제에 대해 조심스럽게 이야기를 이어갔다. 시간이 어떻게 가는지도 모른 채, 대화는 끊이지 않았다.

밤이 되어 방 창문을 열자 풀벌레 소리와 함께 서늘한 바람이 흘러들었다. 며칠 전까지만 해도 더위에 지쳐 있던 공기가 이제는 조금씩 변해가고 있었다.

나는 책상 위에 펼쳐둔 빈 노트를 한참 바라보다가 펜을 손에 쥐었다. 아직은 서툴고 어색했지만, 머릿속에 흩어진 이야기들을 한 자 한 자 적어 내려가기 시작했다.

그 순간, 가온의 웃음이 떠올랐다. 이 글은 단지 백일장 참가를 위한 것이 아니라, 나 자신에게 남기는 기록이 될지도 모른다는 생각이 스쳤다.

창밖에서 계절이 바뀌는 소리가 들리는 듯했다. 여름과 가을의 경계선 위에서, 알 수 없는 무언가가 조금씩 달라지고 있었다.

첫 문장을 적으며

밤새 창밖에서는 이름 모를 풀벌레 소리가 간헐적으로 이어졌다. 매미의 날카로운 울음소리가 점점 잦아들고, 대신 짧고 고요한 울림이 방 안으로 스며들었다. 한 계절이 저물고 있다는 사실을, 가람은 책상 앞에 앉아 고스란히 느낄 수 있었다.

책상 위에 펼쳐둔 노트 한 장은 여전히 하얀 빈 칸으로 남아 있었다. 펜을 쥔 채 한참을 머뭇거리다, 가람은 문득 가온의 얼굴을 떠올렸다. '잘 생각했어. 너라면 충분히 할 수 있을 거야.' 그 말이 귓가에 맴돌며 손끝까지 전해졌다.

나는 조용히 숨을 고르며 펜 끝을 종이에 댔다. 더 이상 미루면 안 될 것 같다는 왠지 모를 조바심이 마음 한 켠을 두드렸다. 첫 문장을 어떻게 시작해야 할지 몰라 손끝이 떨렸지만, 동시에 묘한 설렘이 스며들었다. 흰 종이 위에 작은 흔적이 남겨지는 순간, 좋아하면서 하기 싫은 일을 하면서 일을 시작하는 느낌이었지만 그래도 고양되는 느낌이 들었다.

처음 쓴 문장은 어설프고 지우고 싶은 마음이 들었지만, 곧바로 두 번째 문장이 이어졌다. 그리고 그다음으로 단어들이 하나씩 자리를 채우자, 어느새 여름날의 교실 풍경이 종이 위에 스며들었다. 덜컹거리던 선풍기, 무겁게 내려앉던 공기, 그리고 그 안에서 자꾸만 비어 있던 자리.

글을 조금씩 써내려가다가 순간적으로 머릿속이 새하얗게 변했다. 공책의 한 면을 다 채워나가다가 순간적으로 찾아온 현상이었다. 나는 한숨을 크게 내쉬었다.

"뭘 젊은 애가 한숨을 크게 내쉬어."

엄마가 다 마른 빨래감을 가지고 들어오시면서 말씀하셨다.

"그냥, 백일장에 낼 글을 쓰고 있는데 잘 안 써져서."
나는 투덜거리며 엄마에게 말했다.

"얘가 참 별일이네. 집하고 학교 수업 이외에는 암것도 관심 없는 애가 백일장이라니." 엄마는 정말 의아하다는 목소리톤으로 말씀하면서 내 등뒤에 있는 공책을 보려고 하시는 것 같았다.

엄마는 이왕 하는 김에 잘해보라고 말씀하면서 방에서 나가셨다. 나는 책상에 엎드리면서 머리를 쥐어짜면서 저녁시간을 보냈다.

며칠 뒤, 도서관에서 가온을 만났다. 창문 사이로 쏟아지는 빛이 책장 위에 부드럽게 내려앉은 한낮이었다. 도서관 안은 조용했고, 책장을 넘기는 소리와 연필 긋는 소리만 간헐적으로 들려왔다.

"글은 좀 써봤어?" 가온이 속삭이듯 물었다.

나는 잠시 망설이다 노트를 펼쳤다. 아직 다듬어지지 않은 글자들이 빼곡히 채워져 있었고, 그중 몇 줄은 자신에게도 낯설 만큼 솔직했다. 보여주기 부끄러웠지만, 가온의 시선 앞에서는 피할 수 없었다.

가온은 한참 동안 아무 말도 없이 글을 읽었다. 그리고 고개를 들어 빙긋 웃으며 말했다.

"다듬을 게 많지만, 그래도 처음으로 쓴 걸 감안하면 괜찮은거 같아!"

짧은 말이었지만, 내 가슴을 두근거리게 하면서 방망이로 쎄게 맞은 것 같았다. 처음으로 쓴 글을 누군가에게 보여주고, 피드백을 받은 것도 처음이었다.

그날 도서관을 나오자 하늘은 붉게 물들어 있었다. 아직까지는 여름의 열기가 남아 있었지만, 저녁 바람은 확실히 달랐다. 두 사람은 나란히 걸었지만 서로를 바라보지 않은 채, 길게 늘어진 그림자만 함께했다.

"괜히 백일장 참여한다고 했나봐." 나는 조심스럽게 입을 열었다.

"응?"

"그 전엔 책을 좋아하니깐 막연하게 글을 쓰는 것을 생각했는데 막상 쓰니깐 어렵더라고. 책을 읽는 거랑 쓰는 건 확실히 다른 거 같아." 가온은 고개를 끄덕이며 짧게 웃었다.

"막연하게 생각했던 걸 이번 기회에 확실하게 알아 갈 수 있어서 좋잖아."

가볍게 내뱉은 듯한 말이었지만, 나는 그 순간 발걸음을 멈출 뻔했다. 딱히 답변을 바란 건 아니었다. 그래도 기뻤다.

집으로 돌아오는 길, 나와 가온이는 백일장 주제를 두고 이야기를 이어갔다. 소재로 삼을 만한 것, 글을 어떻게 시작하면 좋을지, 때로는 농담처럼 가볍게 주고받기도 했다. 시간은 어느새 흘러갔고, 초저녁 바람은 둘 사이를 조금 더 가깝게 묶어주는 듯했다.

가온이는 집으로 가는 길에 본인이 도서관에서 그린 그림들을 보여주었다. 백일장에서 그림에 대한 주제는 목표이기 때문에 그걸 그림으로 묘사한 장의 그림을 보여주었다. 오로지 펜과 연필로만 그렸음에도 불구하고 굉장히 잘 그렸다.

밤이 되어 방 창문을 열자 귀뚜라미 소리가 바람과 함께 흘러들었다. 며칠 전까지만 해도 더위에 눌려 있던 공기가 이제는 조금씩 변해가고 있었다.

나는 책상 위에 펼쳐둔 노트를 바라보다가 펜을 다시 손에 쥐었다. 집에 오는 길에 가온이 했던 말이 다시금 떠올랐다. 내 글에서 내가 보인다는 가온이 말이 머릿속에서 맴돌았다.

그 말이 두려움처럼 느껴지기도 했고, 동시에 이상한 안도감을 주기도 했다. 글 속에 스며든 내가 낯설었지만, 어떻게 보면 나 자신이 자연스레 투영되었다는 생각이 들었다.

아직은 서툴고 어색했지만, 그 말에 힘을 얻어 가람은 한 자 한 자 글자를 이어갔다. 이번에는 단순히 대회를 위한 글이 아니었다. 자기 자신을 드러내고, 그리고 누군가와 나누기 위한 글이었다. 창밖에서는 계절이 바뀌는 소리가 들리는 듯했다. 여름과 가을의 경계선 위에서, 글과 함께 두 사람의 마음도 조금씩 달라지고 있었다.

마주한 진심

여름방학이 끝나가던 무렵, 도서관은 한층 고요해져 있었다. 교과서를 펼쳐 놓은 학생보다 잡지나 소설책을 들여다보는 사람이 더 많았고, 한구석에서는 선풍기가 덜컹거리며 힘겹게 돌아가고 있었다. 창밖의 나무 사이로는 바람이 드문드문 스며들어 잎사귀를 흔들었다.

가람은 연필을 쥔 손을 한참 동안 움직이지 못했다. 노트 위에는 이미 빼곡히 단어들이 채워져 있었지만, 마지막 문장은 여전히 공백으로 남아 있었다. 펜끝을 종이에 댔다 떼기를 반복하다가, 결국은 수정테이프를 집어 들어 한 문장을 몇 번이나 지워냈다. 그렇게 한참을 반복한 끝에 남겨진 문장은 매끄럽지 않았다. 하지만 나는 더 이상 고치지 않았다. 덜 다듬어진 문장이 오히려 지금의 자신 같았다.

가온이 연필을 내려놓자 손끝이 하얗게 질려 있었다. 힘을 주지 않아도 그렇게 된다며 웃었지만, 그 웃음은 오래 머물지 않았다. 봉투를 접을 때마다 종이 끝이 손가락을 스쳤다. 미세한 상처 위로 희미하게 붉은 자국이 번졌다.

"이상하지, 완성했는데 왜 이렇게 시끄럽지?"

그녀가 속삭였다. 조용한 도서관이었지만, 그 말은 마치 오래전 닫히지 않은 문틈에서 흘러나온 바람처럼 느껴졌다. 바람에 기울어진 나무와 흐릿한 발걸음을 보며, 마치 가온이 지나온 여름이 종이에 비친 듯한 기분이 들었다.

"다 했어?" 나는 조심스럽게 가온이에게 물었다.

가온은 스케치북을 가볍게 두드리며 웃었다. "응. 완벽하다고 할 순 없지만, 지금 내가 할 수 있는 건 이 정도인 것 같아."

나도 고개를 끄덕였다. "나도 완성을 했는데 뭔가 아쉬워, 뭔가 문제인가 하며 읽어보고 있는데 그냥 머릿속이 꽉 막힌 느낌이야."

"너 집중할 때 미간이 모이는구나." 가온이는 나를 유심히 보며 말했다.

그리고 우리는 서로의 얼굴을 잠시 바라보다가 동시에 숨을 내쉬었다. 묘하게 안도감이 섞인 웃음이 흘렀다.

다음 날 아침, 두 사람은 함께 우체국으로 향했다. 길모퉁이를 돌아나오는 순간, 한여름의 뜨거움 속에서도 바람 끝에 섞인 서늘함이 느껴졌다. 여름방학이 막바지에 이르렀다는 사실을, 계절이 스스로 알려주고 있었다.

"우체국에 이렇게 같이 오는 건 처음이네." 가온이 말했다.

"그러게. 부모님 심부름으로 온 적은 몇 번 있어도 내가 무언가를 부치기 위해 온 건 처음이네." 나는 봉투를 가방에서 꺼내며 대답했다.

각각의 봉투 안에는 지난 며칠 동안 끙끙대며 완성한 작품이 들어 있었다. 내 원고와 가온의 그림. 봉투의 종이 질감이 손끝에서 묘하게 차갑게 느껴졌다.

접수 창구 앞에서 둘은 나란히 섰다. 우체국 직원에게 택배 접수비를 내고서 우체국을 나섰다.

"이제 진짜 끝났네."

"그러게, 심사위원들이 이렇게 심사를 할지 모르겠다. 지금 당장 다시 우체국으로 돌아가서 접수 취소 할까?"

"그러면 취소 수수료 나올걸?" 내가 입 떼기 무섭게 가온이의 입은 오리 주둥이처럼 삐죽 나와 있었다.

백일장과 관련해서 글을 다 쓰면 홀가분할 거라 생각했지만, 왠지 모르게 마음 한구석이 허전한 느낌이 들었다. 집에 가는 길에 나와 가온이는 아이스 아메리카노 한 잔을 마시면서 걸어갔다.

며칠 후, 교실 안은 방학이 끝나고 돌아온 아이들로 다시 소란스러워졌다. 조례가 끝나갈 무렵, 김에린 선생님이 조용히 한 장의 종이를 펼쳤다.

"이번 여름방학 동안 백일장에 참가한 친구들 결과가 나왔어. 그림 부문에서 장려상, 박가온 학생이 받았네."

순간 교실이 박수 소리로 가득 찼다. 가온은 잠시 놀란 듯 눈을 크게 뜨더니, 금세 평정심을 찾고 자리에서 일어났다. 얼굴은 평소처럼 담담했지만, 발걸음은 미세하게 떨렸다.

옆자리에서 나는 누구보다 크게 박수를 치고 있었다. 손바닥이 얼얼할 정도로, 그러나 멈추지 않았다.

"가람이가 쓴 글은…" 선생님이 말을 이었다. "아쉽게도 입상하지 못했어. 하지만 끝까지 완성해서 낸 것만으로도 정말 큰 의미가 있다고 생각해. 선생님은 자랑스럽게 여기고 있어. 그동안 수고했어, 다음엔 좋은 결과가 있을 거야."

선생님의 말이 끝나자 왠지 모르게 마음 한구석이 서늘해졌다. 아쉬움이 밀려들면서, 해방된 기분이 스며들었다. 나는 끝까지 썼다. 그 사실만은 변하지 않았다.

선생님 말씀대로 나에게 또 다른 기회가 있을지는 모르겠지만, 처음으로 무언가를 끝내보니 시원섭섭하였다.

방과 후, 나와 가온이는 함께 집으로 가는 길에 나섰다. 늦여름 햇살은 여전히 뜨거웠지만, 바람은 이전보다 길게 머물렀다.

"장려상, 축하해." 나는 먼저 입을 열었다.

"고마워, 근데… 상 못 받은 건 아쉽지 않아?"

"아쉽지, 그래도 어쩌겠어. 나보다 더 잘 쓴 사람이 있다는 뜻인데. 어쩔 수 없지." 상은 놓쳤지만, 문장을 끝까지 적어낸 기억은 누구도 빼앗을 수 없었다. 그것만으로도 오늘의 나는 달라져 있었다.

"그지, 네 말대로 더 잘 쓴 사람이 있었을 수도 있지. 그래도 나는 네가 끝까지 썼다는 게 제일 대단하다고 생각해. 결과가 다는 아니니까… 언젠가 꼭 보여줘."

말은 가볍게 던진 듯했지만, 가온의 눈빛은 진지했다. 나는 잠시 아무 말도 하지 못했다. 잠시 걷다 가온이가 나에게 문득 물었다. "근데, 네가 쓴 글을 아직 못 읽어 봤네. 혹시 몰라? 내가 읽고 피드백 해주면 더 좋은 결과가 나올지?"

나는 고개를 돌리며 작게 웃었다. "그래, 정리해서 다음에 보여줄게."

"약속했다!" 가온이는 미소 지으며 크게 말하며 나에게 새끼손가락을 내밀었다. 나도 새끼손가락을 내밀며 약속을 했다.

집에 들어서자마자, 부모님은 입상 여부를 궁금해했다. 사실 그대로 말씀드렸고, 엄마는 입맛을 다시면서 저녁 먹게 얼른 씻고 나오라고 퉁명스럽게 말씀하셨다. 아빠는 다음에 또 좋은 기회가 있을 거라며 내 어깨를 다독여주셨다.

저녁을 먹고서 방 창문을 열자, 귀뚜라미 울음이 밤공기와 함께 스며들었다. 책상 위에는 제출했던 원고의 복사본이 놓여 있었다. 나는 마지막 문단을 다시 읽었다. 매끄럽지 못한 문장, 비어 있는 칸, 다듬어지지 않은 표현들. 그런데도 이상하게 그 빈칸들이 마음에 들었다. 내일의 문장을 놓아둘 자리 같아서.

휴대폰 화면이 밝아지며 메시지가 도착했다.

'장려상 상장과 함께 찍은 내 셀카! 한 번쯤은 이렇게 자랑해야겠어. 그렇다고 내가 백일장에서 입상해서 기 죽지 마, 그동안 너 글쓴 모습 보니깐 멋짐 폭발이었음!'

나는 미소를 삼키듯 웃었다. 그리고 새로 산 얇은 노트 표지 안쪽에 조용히 백일장에서 입상하지 못한 아쉬움을 짤막하게 적었다.

창밖에서 바람이 짧게 스쳐 지나갔다. 여름은 여전히 남아 있었지만, 점차 여름은 멀어지고, 가을이 다가오는 것이 느껴졌다. 가을의 숨결이 가까이 다가오고 있었다.

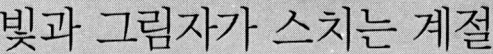

빛과 그림자가 스치는 계절

  계절은 몇 번이나 바뀌었고, 그사이 우리는 어느새 고등학교 3학년이 되어 있었다. 1학년 때 교실은 낯설고 어수선했으며, 계절이 바뀔 때마다 그 공기가 크게 흔들렸다. 그러나 3학년이 된 지금, 교실의 풍경은 정적 속에서 무겁게 가라앉아 있었다. 책상 위에는 문제집과 성적표, 그리고 대학 설명회 안내문이 어지럽게 놓여 있었고, 복도에서는 수시 원서 이야기가 빠르게 오갔다.

  창밖의 나무들은 여전히 푸른 잎을 흔들었지만, 그 빛은 더 이상 가볍지 않았다. 그 아래를 스쳐 지나가는 학생들의 표정도 이전과 달랐다. 우리 모두 시간이 얼마 남지 않았음을 알고 있었다.

나는 창가에 앉아 펜을 쥐었지만, 글자가 쉽게 이어지지 않았다. 글을 쓰고 싶다는 마음은 여전했지만, 그것을 진로라 부르기에는 불안이 따라붙었다. 대학, 직업, 미래—모두 막연한 단어였고, 문장을 적을 때마다 어깨에 무게가 얹히는 듯했다.

옆자리의 가온은 예전처럼 밝게 웃었지만, 그 웃음은 조금 다른 결을 가지고 있었다. 얇은 종이처럼 위태롭게 보였고, 그 속을 들여다보면 금세 찢어질 듯했다. 나는 그 차이를 알아차렸지만, 차마 묻지 못했다.

며칠 전, 우연히 가온의 집 앞을 지나쳤다. 좁은 골목에서 고성이 터져 나왔다.

"돈 좀 내놔!" 목소리의 주인은 가온이가 말한 아버지라는 사람이었다. 술에 취한 듯 휘청이며 문을 두드리고, 벽에 욕설이 퍼졌다. 나는 몸을 숨겼지만, 그 장면은 눈앞에서 쉽게 지워지지 않았다.

"줄 돈 없어! 그만 찾아와! 우리 이미 끝났잖아!" 가온이 어머니의 목소리가 들려왔다.

"그건 이혼 안 해주면 죽네 마네 해서 해준 거고!" 좀

전보단 목소리가 작아졌지만, 그래도 큰 목소리였다. "딸! 네가 한번 말해봐!" 이 말이 들린뒤론 무슨 말을 하는지는 잘 들리지 않고, 뜻을 모르는 고성방가만이 들려왔다.

"에효, 저 집은 무슨 난리래." 밭일 다녀오신 엄마가 바지를 털면서 말씀하셨다. "가람이 너 괜히 내일 학교 가서 옆집 애 보면 엄한 소리 하지 마. 너는 그냥 괜찮은지 물어본 건데 옆집 저 애는 그게 아닐 수 있으니 그냥 내일은 봐도 별말 하지 마, 알았지?"

다음 날 학교에서 마주친 가온은 언제나처럼 "어제 뭐 했어?"라며 웃었다. 그러나 그 웃음은 너무 완벽해서, 오히려 가짜 같았다. 아무렇지 않은 척하는 말투가 내 가슴을 서늘하게 만들었다.

수업 중에도 가온은 연필을 돌리며 장난스럽게 질문을 던지고, 친구들과 잘 어울렸다. 하지만 잠시 고개를 떨군 순간, 그 눈빛에 깊은 그늘이 드리운 것을 보았다.

나는 수없이 망설였다. "괜찮아?"라는 말을 꺼내고 싶었지만, 혹시 그 한마디가 가온을 더 무너뜨릴까 두려웠다. 결국 펜 끝을 종이에 눌러대며 속으로 중얼거렸다.
 나는 무엇을 해줄 수 있을까.

 방과 후, 도서관 한편.
 책상 위에 펼쳐진 가온의 스케치북에는 두 그루의 나무가 그려져 있었다. 그런데 이번에는 한쪽 가지가 꺾여 있었고, 그 아래 서 있는 작은 인물 하나가 길게 드리운 그림자 위에 서 있었다. 나는 그림을 오래 바라보다가 조심스럽게 입을 열었다.
 "이건 어떤 의미로 그린 거야?" 내가 그림을 가리키며 묻자 가온은 잠시 시선을 피하다가 힘없는 웃음을 지었다.
 "그냥, 생각나는 대로 그려봤어." 가온이는 어깨를 움츠리며 대답했다. "내 머릿속에 있는 걸 그냥 그림으로 표현하는 거지."
 그 말은 마치 스스로를 향한 고백 같았다. 나는 더 이상 망설이지 않았다.
 "힘들면, 힘들다고 말해." 도서관의 정적 속에서 가온은 놀란 듯 고개를 들었다. 눈동자가 잠시 흔들리다 이내 가라앉았다. 그러곤 스케치북을 덮으며 낮게 말했다.

"응, 힘들면 말할게."

창문 사이로 스며든 빛이 두 사람의 책상 위를 스쳐 지나갔다. 빛과 그림자가 나란히 교차했고, 그렇게 시간을 흘러갔다. 평소처럼 함께 집으로 향했지만, 가온이는 평소와 다르게 말하지 않았다. 나도 특별하게 묻지는 않고, 그냥 조용히 함께 걸었다.

다음 날 학교에 갔을 때 수업이 끝나면 쉬는시간에 반 애들은 선생님과 진학 상담을 하고 왔다.

"가람아, 선생님이 진로상담하자고 하시는데?" 같은 반 남자애가 나에게 알려주었다. "선생님 교무실에 계시니깐 교무실로 가면 될 듯."

나는 노크를 하고서 교무실에 들어갔다. 1학년때 담임 선생님이셨던 김에린 선생님이 손을 작게 흔들며 인사해주셔서 작게 인사를 드렸다. 3학년 담임인 정해준 선생님께서는 모니터를 보면서 무엇인가 계속 작성하고 있었다.

"선생님, 저 부르셨다고…" 나는 작게 선생님을 불렀다.

"어! 가람이구나, 여기 앉아." 선생님께선 간이의자를 가리키며 말씀하셨다.

나는 시선을 어디에 둘지 몰라 그냥 눈을 이리저리 굴리며 괜한 손만 만지작거렸다. 선생님이 자판을 두드리는 소리가 엄청 크게 들렸다.

"음… 가온아, 가고 싶은 대학이랑 학과를 그냥 빈칸으로 제출했던데?" 선생님은 종이를 보면서 이야기했다. "생각을 못 한거야? 아니면 가고 싶은 대학이랑 학과가 없어서 그런 건가?"

"가고 싶은 대학이랑 학과가 없었어요." 나는 크게 숨을 들이쉬고 내쉬면서 대답했다.

"지금 고3인데 그래도 진로에 대해서 얼추 생각해둬야 할 시기 아닐까?" 선생님은 머리를 긁적 거리며 말씀하셨다. "고1하고 고2 때 백일장 참가한 이력이 있는데 국어국문학과나 영어영문학과 같은 곳에 진학하는 게 어때?"

나는 아무런 말을 하지 않고 바닥만을 빤히 바라보았다. 진정으로 내가 하고 싶은 일을 무엇인지도 모르겠고,

대학을 가더라도 그 전공을 제대로 공부할지도 기준이 생기지 않았다.

"잘… 모르겠어요…" 나는 손만 만지작거렸다.

"그래도 한번 고민해봐. 네 내신 성적으로 지방 거점 대학 국어국문학과나 영문학과는 갈 수 있어." 선생님은 볼펜을 돌리면서 대답하셨다.

선생님께서 국어국문학과를 말씀하셨을 때 솔깃하긴 했다. 그나마 관심 있는 것이라곤 글 쓰는 것이니 말이다. 하지만 왠지 모르게 망설여졌다. 이 학과를 선택했을 때 사람들이 "국어국문학과 졸업해서 뭐할 건데?" 질문할 거라는 공포감이 올라왔다. 대학을 가더라도 막상 하고 싶은 공부나 졸업 뒤에 하고 싶은 직업이 없는데 뭘 어떻게 해야 할지 전혀 감이 잡히지 않았다.

나는 생각해보고 말씀드리겠다고 했다. 선생님은 되도록 빨리 결정해서 대답하라고 하시곤, 다음 순번 아이를 부르라고 하셨다. 교실에 와서 그 애에게 선생님이 찾으신다고 전해준 다음 조용히 자리에 앉았다.

"선생님이 뭐라고 하셨어?" 가온이가 나를 콕콕 찌르면서 물었다.

"그냥 대학 진로상담." 나는 책상에 턱을 괸 채 말했다.

"그래? 넌 뭐라 했는데?"

"그냥, 잘 모르겠다고 했어." 나는 한숨을 쉬며 말했다. "내가 정말 하고 싶은 건지도 잘 모르겠고 말이야."

"그래도 생각해둔 대학교나 학과는 있을 거 아니야." 가온이는 나를 빤히 바라보며 이야기했다.

"전혀 없어. 하물며 부모님한테 농사나 물려받겠다고 이야기할 정도니깐."

"부모님은 뭐라 하시는데?"

"당연히 안 된다고 하시지, 그냥 공부해서 대학에 가라는 말만 반복해서."

나는 머리를 쥐어짜며 책상에 엎드렸다. 솔직히 무엇을 뭘 해야 할지도 잘 모르겠다. 반 애들이 하는 이야기를 들어보면 각자 가고 싶은 대학이나 전공에 관한 이야기들이 오가고 있지만, 그 어떤 선택도 하지 못한 입장에선 복잡한 심경이었다.

"그럼 학교 끝나고 읍내에 들러서 카페에서 놀다가자."

입을 삐죽 내민 채 가온이가 말했다.

"그러든지." 나는 창밖을 내다보면서 말했다.

그후 가온이랑 평소처럼 같이 시간을 보냈던 기억밖에 없다. 단지 늘 학교 도서관에서 시간을 보내다가 읍내에 나오니 환기되는 듯하였다. 함께 버스를 타고 와서 집 근처에서 헤어졌다. 늘 학교에서 보는 사이인데 어떻게 항상 저렇게 밝게 인사하는지 대단하다고 느껴졌다.

"이가람." 집에 들어오자마자 엄마는 나를 노려보면서 말씀하셨다. "오늘 선생님에게 연락왔었다. 선생님이랑 진로상담을 했는데 모르겠다고 대답했다며."

"그게…" 이게 엄마 귀에 들어갈 거라곤 생각지도 못했다. "그냥 생각해보고 있는 중이라…"

"생각은 무슨 생각? 고 3이면 이미 정해져 있어야지. 너 정말로 엄마 아빠 따라서 농사라도 지을 거야?" 엄마의 말이 이어질수록 목소리 톤이 높아졌다.

엄마의 잔소리는 계속해서 이어졌고, 장장 한 시간 동안 잔소리가 이어졌다. 대학 전공은 상관없고, 무조건적으로 대학은 가야 한다는 게 엄마의 결론이었다. 고1 때까진 별 생각이 없었지만, 고3이 되니 엄마의 잔소리 빈도가 늘었다. 늘 일이 힘들다면서 잔소리하실 힘은 어디서 나오는지 모르겠다.

밤은 깊어저가고 천장민을 밍하니 바라보고 있었다. 그때 핸드폰의 진동소리와 함께 핸드폰 불빛이 방안을 가득 채웠다.

[가람아, 혹시 지금 마을정자에서 볼 수 있을까?]

[그래. 금방 나갈게.]

[응, 이따보자.]

이 시간에 가온이가 만나자는 문자를 보내서 의외였다. 보통은 학교가 끝나고 함께 어울려 노는 것이 다였다. 주말에는 내가 먼저 연락하지도 않지만, 가온이도 먼저 연락하지 않았는데 이 시간에 연락이 와서 조금 당황했다. 엄마에겐 마을 한바퀴 돌고 온다고 말하고서 집을 나섰다. 천천히 걸어서 마을 한가운데에 있는 정자로 향했다.

"가온아!" 나는 정자에 앉아있는 가온이를 부르며 손을 흔들었다.

"왔어?" 가온이는 방긋 웃으며 말했다.

"근데 무슨 일이야? 이 시간에 다 보자고 하고." 나는 서서 말했다.

"그냥, 얼굴 보고 싶어서." 가온이는 정자에 앉은 상태에서 고개를 푹 떨군 상태에서 말했다.

"왜 그래? 무슨 일 있어?"

내가 묻자 가온은 잠시 고개를 들었지만, 금세 다시 시선을 떨궜다. 정자의 나무기둥에 기댄 채, 손끝으로 스커트 자락을 만지작거렸다.

바람이 정자 밑을 스쳤다. 나뭇가지가 부딪히는 소리가 문 두드리는 소리처럼 들렸다. 그 순간, 가온의 어깨가 미세하게 떨렸다. 아무 일도 없는데도 몸이 먼저 반응했다.

"바람이 불면 가끔 무서워. 어릴 때는 늘 이런 소리 속에서 잠들었거든." 가온이는 말끝을 흐렸다. 내가 아무 말 없이 그 옆에 앉자, 그녀는 한숨을 내쉬며 조용히 덧붙였다.

"그래도… 이렇게 말할 수 있어서 조금은 괜찮아진 것

같아." 그 말 뒤엔 긴 침묵이 흘렀다. 바람이 지나가며 정자 천장을 스쳤다. 잠시 후, 가온은 입술을 깨물고 작게 말했다.

"며칠 전에… 아빠가 집에 찾아왔어." 그 한마디에 나는 숨을 고르며 가만히 가온을 바라봤다. 전에 가온이네 집에서 고함 소리가 났던 게 생각났다. "술 냄새가 진동했는데, 문을 두드리면서 고함을 지르더라. 돈 좀 내놓으라면서." 가온은 손등을 꽉 쥐었다.

"엄마가 문을 안 열었거든. 그랬더니 문을 발로 차면서 고래고래 소리를 지르면서 욕을 해서 결국은 엄마는 문을 열어주었지만, 집에 들어와서는 나와 엄마를 위협하면서 더 난동을 피우더라구."

바람이 정자 아래를 스쳤다. 매미 소리가 멀어지고, 공기가 무겁게 가라앉았다.

"그냥… 무섭더라. 어릴 때는 그런 게 일상이었는데, 이젠 조금만 그래도 몸이 먼저 굳어버려." 가온은 조용히 웃고 지었지만, 그 웃음은 울음처럼 떨렸다.

"엄마는 아빠는 원래 그런 사람이라고 단정하지만, 그

래도… 가끔은 아빠가 그리워. 술만 안 마셨다면, 조금은 괜찮은 사람이었거든."

나는 무슨 말을 해야 할지 몰라 가만히 있었다. 그저 가온이의 손등 위에 내 손을 살짝 올렸다. 가온은 놀란 듯했지만, 이내 눈을 감았다.

"이런 이야기를 다른 사람에게 꺼내기 좀 그렇더라구." 가온이는 마치 본인이 무슨 잘못을 저지른 것처럼 고개를 푹 숙이고 있었다.

"아무래도 그렇지." 그 짧은 말로는 아무것도 달라지지 않겠지만, 그게 내가 해줄 수 있는 전부였다.

가온이가 고개를 들었을 때 가로등 불빛이 가온이 얼굴을 빛췄을 때 함께 공존할 수 없는 두가지가 함께 있었다. 그 빛이 우리 사이의 공기를 천천히 물들였고, 소위 가슴이 메여온다는 표현이 이런 느낌인가 하는 생각이 들었다.

"너는 내가 이런 이야기해서 안 불편해?" 그 한마디가 밤공기 속으로 스며들었다.

"별로? 오히려 말하는 사람이 불편하지 듣는 내가 뭐

가 불편해."

잠시 후, 우리는 아무 말 없이 하늘을 올려다봤다. 달빛이 고요하게 퍼지고, 그 아래서 가온의 그림자가 내 쪽으로 살짝 기울었다.

바람이 지나간 자리

 바람이 달라졌다. 아침 공기는 여전히 차가웠지만, 복도 끝 창문을 스치는 바람 속에는 조금의 따뜻함이 섞여 있었다. 교실 한쪽에서는 수시 원서 이야기가 오갔고, 칠판 옆에는 '입시 일정표'가 붙어 있었다. 날짜들은 점점 가까워지고 있었지만, 그 숫자들은 나에게 아무런 의미도 주지 못했다.
 "이제 진짜 얼마 안 남았네." 가온이 창문을 바라보며 말했다. 햇살이 그녀의 머리카락에 닿았다가 흘러내렸다.
 "그러게." 나는 짧게 대답하고는 펜을 쥐었다. 하얀 원서용지 위에 '지원 대학'이라는 칸이 비어 있었다. [국어국문학과 / 영문학과] 두 단어가 머릿속에서 번갈아 떠올랐다.

'한국어로 쓰는 게 내 마음에 더 솔직할까, 아니면 영어로 써야 더 넓은 세상을 볼 수 있을까.'

생각은 그 자리에서 맴돌 뿐, 문장처럼 이어지지 않았다. 가온은 옆자리에서 작은 노트를 꺼냈다. 그 속에는 스케치들이 가득했다.

이번엔 예전처럼 나무나 하늘이 아니라, 의자와 책상, 그리고 낯선 도시의 거리들이었다. 그림 아래에는 작게 적혀 있었다. [산업디자인과? 서양화과?] 가온이도 아직 가고 싶은 전공을 정확하게 고르지 못한 듯싶었다.

"산업디자인과? 네가 그동안 그린 그림 보면 산업디자인과하곤 거리가 멀지 않아?" 나는 조용히 물었다.

"그지, 근데 이거론 학교 졸업하고서 힘들 거 같아서." 가온이는 웃고 있었지만 눈빛이 흔들렸다.

"그림이랑 관련 있으니깐 잘하면 되지 않을까?" 나는 덤덤하게 말을 건넸다.

"그렇긴 한데, 나는 그냥 그림만 그리고 싶었는데 취업까지 생각하니까 그냥 머리가 아파서…. 엄마 말로는 하고 싶은 일을 하려면 하기 싫은 것도 해야 한다고 하시니까…" 그녀의 목소리는 바람에 섞여 작아졌다.

나는 대답 대신 고개를 숙여 다시 원서용지를 바라보았다. 글자를 채우지 못한 채, 펜 끝만 공중에서 맴돌았다.

"가람아." 가온이 부르자 고개를 들었다. "너 계속해서 글을 쓸거야?"

"응. 아마도. 쓰고 싶은 게 생겨서." 나는 한참을 생각하다가 조용히 말했다. "대학에 가더라도 제대로 할 수 있을지 의문이어서 그렇지."

"그래도 하고 싶은 게 생겼다는 말이네?" 내 말에 가온은 잠시 미소를 지으며 말했다. 그 미소에는 이전의 상처와 지금의 결심이 함께 섞여 있었다.

"잘 모르겠어. 그냥 하는거지 뭐."

내 말이 끝나기 무섭게 쉬는 시간이 끝났다는 종소리가 울렸고 교실 문이 열렸다. 찬바람이 스쳐 지나가며 가온의 머리카락을 흔들었다.

그 바람이 지나간 자리에는 짧은 여운만이 남았다. 나는 그것이 언젠가 다시 찾아올 계절의 전조처럼 느껴졌다.

그날 저녁, 나는 책상 앞에 앉아 공책을 펼쳤다. 가온이 말했던 '현실적인 선택'이 자꾸 떠올랐다. 그럼에도 불구하고, 그녀의 눈빛 속에는 여전히 그림을 향한 불빛이 있었다. 한참을 고민하다가 천천히 문장을 써내려갔다.

[우리는 각자의 길을 걷지만, 바람이 불 때마다 서로의 이름을 떠올릴 것이다.]

이 한 문장을 쓰고서 펜을 내려놓았다. 문장을 보면서 생각의 꼬리에 꼬리를 물면서 생각에 잠겼다. 사람들은 어쩌면 각자의 길을 걸어가지만, 서로가 잘되길 바라는 것이 어쩌면 우리들의 모습이 아닐까 하는 생각이 들었다.

대학교 수시 접수 시즌이 다가오자 반 분위기는 확연하게 달라졌다. 수능 정시를 준비하는 애들은 시험을 준비하느라 예민해져 있고, 수시 접수하는 애들은 어떤 대학과 어떤 학과에 지원할지 고민이 많아져서 그런가 친구들끼리 하는 주제도 확실히 평소와 많이 달라졌다.

"가람아? 너 어디 갈지 선택했어?" 같은 반 애인 한별이가 말을 걸어왔다. 평소엔 말을 잘 섞지 않았는데 대학입시 시즌이 다가오니 말을 섞지 않던 애와도 말을 섞게 되었다.

"나는 국어국문학과에 지원하려고…" 나는 점점 작아지는 목소리로 대답했다.

"그래? 너랑 잘 어울리는 것 같은데?" 한별이는 턱을 만지작거리며 말했다. "나는 아직 어디로 갈지 선택 못 했거든."

솔직히 뭐라 대답해야 할지 몰랐다. 그냥 "그렇구나" 하고 고개만 끄덕였다. 교실 안이 이상하게 잠시 조용해진 듯 하였다. 다른애들의 웃음소리가 멀리서 들려왔지만, 마음 한편은 이상하게 멍했다. 그렇게 하루, 또 하루가 흘러갔다.

며칠후 교실 복도에는 어수선한 분위기가 멤돌았다. 누군가는 원하는 대학 혹은 학과에 '합격' 했다는 문자를 받았다고 하였고, 다른 누군가는 미묘한 감정이 담긴 표정을 짓고 있었다.

나는 연화대 국어국문학과 합격문자를 받았지만, 느낌이 왠지모르게 이상했다. 창문을 반쯤 열어두자 겨울 냄새가 섞인 바람이 들어왔다. 교실 안의 공기가 잠시 흔들렸다.

가온이는 연화대 산업디자인과 필기 시험을 앞두고서 계속해서 그림을 그렸다. 오늘도, 그 다음 날도, 그녀의 노트에는 도시의 풍경이 조금씩 늘어갔다. 결론적으로 가온이도 연화대에 합격했다.

"우리 같은 대학에 합격했어도, 각자 대학에 가면 서로 바빠서 못보겠지?" 내가 조용히 말하자 가온이는 웃었다.

"응. 근데 좀 이상해. 나는 아직 고등학교를 졸업할 마음의 준비가 안 된 거 같은데 벌써 졸업이라는게 말이 안 되는거 같아." 나는 가온이의 말에 대답하지 못했다. 마음 한편이 쓸쓸하게 흔들렸다. 준비가 안 된 건 나도 같았으니까.

며칠 뒤, 12월 초에 눈이 내렸다. 생각보다 이른 첫눈이었다. 교실 창가에는 하얀 입자들이 부딪히며 흩어졌다. 가온이는 그 모습을 핸드폰으로 찍더니 내게 보여주었다.

"이쁘게 나왔다!"

"갑자기 뭐야?" 나는 당황스러워서 약간 짜증 섞인 목소리로 말했다.

"왜? 이쁘게 나왔잖아. 그리고 이 순간은 안 돌아와. 언제 첫눈 오는 날 교복을 입고 교실에서 사진 찍어보겠어!"

나는 그 말을 듣고 잠시 가만히 있었다. 입가에 맴도는 대답이 쉽게 나오지 않았다. 대신 창밖을 바라보며 말했다.

"그렇기는 하지."

눈발이 세차게 휘날렸다. 그날의 바람은 유난히 차가웠지만, 이상하게도 마음 한가운데만은 따뜻했다.

며칠 뒤, 고등학교의 마지막 겨울방학때 나는 가온이와 마지막으로 함께한 하교길을 떠올렸다. 가로등 불빛이 젖은 길 위에 반사되고, 멀리서 버스가 천천히 다가오고 있었다. 가온이는 가방 끈을 고쳐 메며 말했다.

 가온이 가방 끈을 고쳐 멜 때마다 손목의 희미한 자국이 빛에 스쳤다. 그녀는 그걸 감추려는 듯 급히 소매를 내렸지만, 나는 아무 말도 하지 않았다. 가로등 불빛 아래서 바람이 한 번 스치고 지나갔다. 그 바람에 머리카락이 흩날리며, 잠시 동안 그녀의 표정이 비쳐 보였다. 어쩌면 두려움과 안도가 동시에 스며 있는 얼굴이었다.

 달빛이 고요하게 퍼지고, 그 아래서 가온의 그림자가 내 쪽으로 살짝 기울었다. 바람이 잠시 멈추자, 정자 위로 남은 온기가 희미하게 감돌았다. 우리는 그 온기 속에서 아무 말 없이 앉아 있었다. 그러다 가온이 조용히 입을 열었다.

 "그래도 이제는 조금은 버틸 수 있을 것 같아." 가온이의 목소리가 바람을 타고 흘렀다. 그 말 뒤로는 한동안 말이 없었다.

 집 쪽으로 걸음을 옮길 때에도, 서로의 발소리가 고요한 밤을 깨는 유일한 소리였다.

 길모퉁이에 다다랐을 때, 가온이 손바닥을 비비며 말

했다.

"가람아, 혹시 나중에라도… 책 내면 꼭 나한테 말해줘. 그때 꼭 책을 사서 너한테 사인받으러 갈 테니까."

"응, 너도 전시회 열면 불러. 그때 꼭 갈게."

"약속했다!"

그 약속이 이루어질지는 알 수 없었지만, 그 밤의 공기에는 오래 남을 온기가 있었다.

그리고 양갈래길에서 가온은 나를 한 번 더 돌아보며 말했다.

"가람아, 너가 꼭 하고 싶은 걸 찾을 수 있을 거야!"

그 말이 바람에 실려 흩어졌다. 나는 아무 대답도 하지 못한 채, 그 자리에 서서 손을 흔들었다. 골목 끝으로 사라지는 가온의 뒷모습 위로, 바람이 천천히 스쳐갔다. 그리고 봄이 오기 전, 마지막 겨울의 끝자락에서 우리는 졸업했다. 나와 가온이는 같이 졸업사진을 찍었다. 가온이와 이야기를 더 나누고 싶었지만, 다른 친구들이 함께 사진찍자고 해서 대학교에 가서도 연락을 주고받자는 짤막한 이야기를 나누었다.

바쁜 졸업식을 마치고 집에 돌아와, 나는 책상 위에 공책을 펼쳐놓고 한동안 창밖을 바라보았다. 열린 창문 사이로 커튼이 살짝 흔들리고, 그 바람에 지난 계절의 냄새가 섞여 있었다.

[우리는 각자의 길을 걷지만, 바람이 불 때마다 서로의 이름을 떠올릴 것이다.]

그 밑에 한 줄을 덧붙였다.

[그리고 그 이름이 다시 들릴 때, 그것이 봄이 오는 신호일 것이다.]

펜을 내려놓자 방 안의 공기가 고요했다. 바람이 스치며 커튼이 한 번 더 흔들렸다. 나는 문장을 바라보다가 가온의 웃는 얼굴을 떠올렸다. 언젠가 다시 바람이 분다면, 그때는 꼭 그녀에게 내 첫 문장을 읽어주고 싶다. 책상 위엔 펜과 원서 용지, 그리고 첫 문장이 남아 있었다. 계절이 또 바뀌어도, 그 문장은 아마 지워지지 않을 것이다.

그렇게 또 하나의 계절이 지나갔다. 시간이 흘러, 바람의 온도와 우리가 서 있는 하늘이 달라졌을 때쯤 우리는 서로 다른 도시에서 같은 하늘을 올려다보고 있었다. 자주 연락하지는 못했지만, 가끔 떠오르는 문장 하나가 여전히 우리를 이어주는 다리처럼 남아 있었다. 그리고 어느 날, 낯선 도시의 창밖으로 낙엽이 떨어지던 저녁, 익숙한 이름으로부터 한 통의 메일이 도착했다. 그 순간, 오래전의 계절이 다시 문을 두드리는 것 같았다.

"To. 가람 — From. 가온" 화면을 바라보는 순간, 오래전의 바람이 다시 불어오는 듯했다.

에필로그

바람이 건넨 계절

영국의 하늘은 낮게 깔려 있었다. 햇빛은 희미했고, 안개는 천천히 캠퍼스의 오래된 벽돌 사이를 스며들었다. 노스햄브릿지 예술대학교의 문예창작 세미나를 마치고 돌아와 기숙사 창가에 앉아 차가운 공기를 들이마셨다. 한국에서의 여름이 끝나고 떠나온 지 한 달 남짓.

이곳의 가을은 생각보다 일찍 찾아왔다. 낙엽이 잔디밭 위를 천천히 덮고, 하늘은 늘 흰 구름으로 흐려 있었다. 메일함을 열자 엄마가 보낸 메일과 함께 낯익은 이름이 눈에 들어왔다.

From. 가온.

그 이름을 보는 순간, 한국의 캠퍼스가 떠올랐다. 붉게 물든 은행나무, 저녁 햇살에 비친 벤치 그리고 늘 손끝에 연필을 쥐고 있던 가온의 모습이. 나는 마우스 커서를 천천히 눌렀다.

[가람아, 한국은 아직도 여름인 것 같아.]

짧은 제목이었다. 메일의 첫 문장은 여전히 가온답게 솔직했다. 덕분에 잊고 있었던 한국의 열기가 떠올랐다.

[가람아, 거긴 이제 완전 가을이지? 여긴 아직 햇빛이 뜨겁고, 저녁이면 습기가 남아있어, 캠퍼스는 새 학기라 북적이는데, 네가 늘 앉아 있던 도서관 자리는 다른 학생이 앉아 있더라. 근데 이상하게 네가 영국에 간 걸 알고 있는데 도서관에 가면 네가 꼭 있을 것 같아. 웃기지. ㅎㅎ 가끔 네가 말하던 그 문장 '계절이 바뀌면 사람의 마음도 서서히 따라간다' 그게 요즘 자꾸 떠올라. 나는 영국에 한 번도 안 가봐서 너에게서 영국생활은 어떤지 듣고 싶어! 꼭 들려줘.]

메일을 다 읽고 나자, 창밖의 바람이 커튼을 살짝 흔들었다. 멀리서 종소리가 울리고, 담쟁이 덩굴이 붉게 물들어가고 있었다. 나는 숨을 크게 들이마시고 내뱉으며 바로 답장을 쓰기 시작했다.

　[제목: 여긴 약간 쌀쌀해지고 있어.]

　[가온아, 내가 먼저 연락을 했어야 하는데 정신이 없었어 먼저 연락하지 못했네. ㅠㅠ 나는 영국에 와서 이것저것 준비하고 하느라 정신 없이 지내고 있어. 한국도 지금은 새학기라 정신 없겠다. 영국은 한국과 다르게 선선한 가을이야. 그래도 덕분에 한국의 초가을이 다시 생각이 났어. 영국 생활에 대해 이야기해주고 싶은데 아직 수업도 제대로 듣지 않은 상황이라 뭐라 해줄 말이 없네. ㅠㅠ]

　답장을 보내고서 화면의 불빛이 잔잔히 흔들렸다. 가온이 있는 한국은 아직 더운 초가을일까, 아니면 이제 막 바람이 서늘해졌을까. 나는 천천히 창문을 열었다. 낙엽이 한 장씩 떨어지는 모습을 멍하니 바라보았다. 그 순간 문득 생각했다. 앞으로 내가 어떤 일을 할지 그리고 영국에서 1년 동안 교환학생 신분으로서 잘 해낼 수 있을지 많은 고민이 있었지만, 가온이의 메일 덕분에, 낯선 가을의 공기 속에서도 마음 한편이 조금 따뜻해졌다.